O QUARTO PESCADOR

Joe Kissack

O QUARTO PESCADOR

Como três pescadores, que retornaram da morte,
mudaram minha vida e salvaram meu casamento

Tradução
Melania Scoss

SEOMAN

Título original: *The Fourth Fisherman*

Publicado mediante acordo com WaterBrookPress, an imprint of The Crown Publishing Group, a division of Random House, Inc.

Texto de acordo com as novas regras ortográficas da língua portuguesa.

1ª edição 2012.

Coordenação editorial: Manoel Lauand
Capa e projeto gráfico: Gabriela Guenther
Editoração eletrônica: Estúdio Sambaqui

Dados Internacionais de Catalogação na Publicação (CIP)
(Câmara Brasileira do Livro, SP, Brasil)

Kissack, Joe
    O quarto pescador : como três pescadores, que retornaram da morte, mudaram minha vida e salvaram meu casamento / Joe Kissack ; [tradução Melania Scoss]. -- São Paulo : Seoman, 2012.

    Título original: The fourth fisherman.
    ISBN 978-85-98903-55-2

    1. Biografia cristã 2. Kissack, Joe 3. Sobrevivência no mar - Oceano Pacífico I. Título.

12-12347   CDD-277.3083092

Índices para catálogo sistemático:
1. Cristãos : Memórias autobiográficas
277.3083092

Seoman é um selo editorial da Pensamento-Cultrix.

Direitos de tradução para o Brasil adquiridos com exclusividade pela
EDITORA PENSAMENTO-CULTRIX LTDA.
R. Dr. Mário Vicente, 368 – 04270-000 – São Paulo, SP
Fone: (11) 2066-9000 – Fax: (11) 2066-9008
E-mail: atendimento@editoraseoman.com.br
http://www.editoraseoman.com.br
que se reserva a propriedade literária desta tradução.
Foi feito o depósito legal.

Impressão e acabamento: Yangraf Gráfica e Editora

À Carmen

Ela persevera

Sumário

1. Tapete Vermelho

Se algo sombrio estava surgindo, eu não tinha consciência disso. Ainda não. Agora, não. Eu pisava sobre o tapete vermelho do Emmy Awards, com uns óculos escuros obscenamente caros. Era setembro de 1997 e o meu contrato de trabalho com a Columbia TriStar Television estava prestes a expirar. Convidaram-me para voar até Los Angeles a fim de participar de algumas reuniões importantes que determinariam o próximo passo da minha ascendente carreira. Um assento no Emmy foi uma regalia extra, um ingresso para o *glamour* de Hollywood.

Certamente, eu me vesti de acordo com a situação: um traje a rigor de mil dólares, abotoaduras da Neiman Marcus, um Rolex Oyster Day-Date, sapatos Ferragamo e, claro, aqueles óculos — um colírio para os olhos no valor de trezentos dólares.

Eu havia "chegado lá" segundo os padrões hollywoodianos, em geral avaliados pela capacidade de a pessoa gastar quantias exorbitantes de dinheiro em artigos de pouca substância. Mesmo sabendo disso, eu era um criminoso reincidente. E amava cada brilhante dólar de ouro dessa boa vida. Afinal, eu a merecia. No meu décimo ano de trabalho para um dos principais estúdios de televisão, que me promovera cinco vezes, eu havia percorrido todo o caminho até a vice-presidência executiva, pela qual recebia um ótimo salário com bônus incríveis. O meu emprego possibilitava férias maravilhosas, jantares nos melhores restaurantes e compras nas lojas mais chiques. Sempre viajei na primeira classe (com serviço de *concierge*, evidente), e recebi um auxílio automóvel que pagou o meu BMW 540i e, mais tarde, o meu Porsche 911 Carrera Cabriolet. Possuía uma casa de 550 m², perfeita, e com um *home theater* e um sistema de som que faria eriçar os pelos das pernas de qualquer um. E, ah, sim, eu andava em uma Harley-Davidson — só porque podia.

Quando via algo de que gostava, eu o comprava. Se algo podia fazer com que eu tivesse uma melhor aparência, eu o conseguia. Se um hotel estivesse abaixo dos meus padrões, eu procurava um superior. A meta era ter o melhor. Nada mau para um menino de cidade pequena, proveniente de uma família de trabalhadores braçais do Illinois, cujas irmãs zombavam dele por ter usado a mesma camisa xadrez nas fotos de classe do primeiro e segundo ano da escola elementar! O fato de estar em pé sobre o tapete vermelho era uma celebração, com ponto de exclamação, de um garoto que esteve perdido, mas que agora parecia tão esperto.

Naturalmente, havia alguma coisa a mais. A minha vida era furiosamente guiada por algo que jazia muito abaixo da superfície. Algo que eu não sabia que não conhecia.

Tentar sobreviver na indústria televisiva é como participar do *reality show Survivor*. Você faz parte de uma equipe, mas, na verdade, a regra é cada um por si. Com uma média de quatro programas para lançar a cada ano, eu estava fazendo mais de mil apresentações anualmente. Não eram materiais geniais, porém incrivelmente desgastantes. Eu tinha de estar "antenado" o tempo todo; dezenas de milhões de dólares dependiam disso. Claro, em alguns dias era glamoroso, mas, no momento exato em que eu fechava um negócio, já começava a me estressar por causa do seguinte. Eu me sentia tão bom quanto a última grande transação que conseguira, só isso. Apesar de alguns dos meus sucessos — *Married... with Children; Mad About You; Walker, Texas Ranger; Ricki Lake Show*. Naturalmente, houve também o maior de todos — *Seinfeld*.

O meu trabalho era o licenciamento comercial de imagens de televisão para as emissoras afiliadas de todo o país, trabalho também conhecido como *syndication*. Quem descobriu que os telespectadores eram capazes de assistir o mesmo programa uma segunda, terceira ou mesmo décima sétima vez era um gênio. A *syndication* é altamente rentável — e implacável. Apenas com alguns clientes em cada cidade e vinte outros programas competindo por uma mesma e limitada janela no horário, é impossível você vender o seu programa em todos os mercados. A expectativa, no entanto, é que você venda. Cada grande estúdio empregava mais de uma dúzia de nós, os "matadores profissionais". Viajávamos para todos os 211 mercados televisivos, em quatro dias da semana, em cinquenta semanas do ano, percorrendo todo o caminho desde a cidade de Nova York até Glendive, em Montana, e cada viagem estava destinada, em algum nível, ao fracasso.

Mas — e esse é um grande *mas* — a quantidade de dinheiro era uma fábula. E a maioria de nós, matadores profissionais, vivia além dos próprios recursos, acreditando que, enquanto o dinheiro estivesse entrando, o preço físico e emocional valia a pena. Acredite em mim, é muito difícil sair dessa situação.

Apesar de ter desfrutado do meu momento no tapete vermelho, eu sabia que era apenas outra parte da dança. O convite — um fim de semana inteiro para esse evento — foi mais uma regalia que o estúdio tinha posto na minha frente, sabendo que eu não

iria – ou até poderia – recusar o seu pote de ouro no final do arco-
-íris. Isso havia sido calculado. Eles me tinham exatamente onde queriam que eu estivesse. Eu era um sujeito que, quando criança, ficara obcecado por causa de uma gasta camisa xadrez, que viera de uma cidade cujas principais indústrias eram a de ervilha enla-tada e de fiação, e agora eu estava juntando um monte de dinheiro (e necessitava manter o próprio padrão de vida), me socializando com a realeza da indústria de entretenimento norte-americana e me sentindo extremamente atraente.

❧

Um dos segredos de uma caminhada bem-sucedida sobre o ta-pete vermelho é fazê-la lentamente, em especial nos últimos vinte metros antes de você entrar no teatro. O ritmo adequado da ca-minhada é importante, pois o que se espera de você é que proje-te uma aura de apreciação, tingida de indiferença, mas nunca de gratidão nem, certamente, de admiração. Como um antigo trei-nador de futebol americano me disse certa vez: "Joe, se você tiver sorte suficiente para alcançar a *end zone* e fazer um *touchdown*, aja como se você tivesse estado lá antes." Desempenhei o meu pa-pel muito bem. Eu havia ensaiado infinitas vezes à espera desse momento. Sabia como atravessar o saguão de entrada de um hotel cinco estrelas e entrar em uma limusine que me aguardava com um ar de mistério suficiente para dar a impressão de que poderia ser alguém famoso.

A ilusão é importante em Hollywood. Ela é cuidadosamente elaborada sobre a tela; é cuidadosamente cultivada fora da tela. Eu havia pegado o jeito da coisa.

Ali, no tapete vermelho, a minha linda esposa, Carmen, esta-va ao meu lado, assim como esteve durante toda a minha subida pela escada profissional. Ela era firme, tal qual uma rocha, mas parecia uma estrela. Entre muitas coisas, ela era uma mãe incrível e manteve a família funcionando como uma máquina bem regulada. "Muito especial", o pai dela me disse certa vez, à medida que as lágrimas brotavam dos seus olhos. "Essa Carmen… é especial."

Embora a presença de Carmen me ajudasse a projetar a minha grande ilusão diante dos olhos dos outros, ela era cética em relação à vida que eu vinha perseguindo. Ela vira o desgaste resultante das exigências do meu emprego e tentara me aconselhar sobre a necessidade de mais equilíbrio na minha vida. Carmen temia que eu estivesse caindo em um buraco muito fundo e não compreendia por que eu continuava renovando o meu contrato. Ela me incentivava com o seu sorriso de líder de torcida, tentando me transmitir confiança. "Joe, você é um sujeito talentoso. Você pode fazer outras coisas…" Mas eu era como um homem bomba que não tinha os fios conectados da maneira certa, e estava determinado a cumprir a minha missão. Mesmo que ela me matasse.

Acho que eu sabia que estava forçando demais. No início dessa semana, eu tinha me encontrado com o diretor de televisão do estúdio e ele me fez a pergunta clássica de uma entrevista: "Onde você se vê daqui a cinco, dez ou quinze anos?" Eu lhe respondi, sem rodeios, que queria o emprego dele algum dia. Era absolutamente ridículo pensar que eu poderia lidar com as responsabilidades desse cara. Ele era absurdamente inteligente e funcionava como se água gelada percorresse as suas veias. No entanto, soou bem quando eu disse aquilo, e foi provavelmente o que ele queria ouvir. De novo, a ilusão.

Eu sabia que era determinado. Mas precisava ser. A indústria era dura: quanto mais você sobe na escada, menor a quantidade de cargos disponíveis — há muito poucos movimentos laterais. O problema era o próximo emprego, pois havia apenas cerca de seis cargos do meu nível em todo o sistema de estúdios. Naquela época não havia nenhum local de trabalho zen. Só se encontrava tensões o tempo todo. Se não fosse estressado e viciado em trabalho, você seria substituído. Alguns sujeitos conseguiam lidar com isso — milhares de discursos enlatados, sorrisos, risadas falsas e contratos. Eu achava que também poderia. Eu estava segurando todas as pontas. Além disso, tudo de que eu gostava dependia da minha capacidade de continuar a subir, e ter sucesso: a minha casa, o meu carro, o futuro da minha família, a minha reputação. Os óculos de sol. No instante em que eu descesse dessa corda bamba, tudo iria embora: entregue seu emprego para o próximo cara da fila. Cada dia de trabalho no estúdio era, a meu ver, outro dia em que eu poderia ser desmascarado.

Para tentar lidar com o estresse, alguns anos antes, eu havia me tratado com um psiquiatra. Cheguei a perceber algumas coisas sobre mim mesmo, sendo que a principal delas foi que eu tinha equiparado o meu sucesso e estilo de vida ao meu valor como marido, pai e chefe de família. Penso que eu estava procurando validação, aprovação, algo que me completasse.

Em determinado ponto, o psiquiatra olhou nos meus olhos e disse: "Fale-me sobre o seu pai." Ninguém jamais tinha chegado a esse ponto antes, e eu não sabia o que dizer. Então, nunca mais voltei. Eu não queria, nem sequer podia começar, a ter uma conversa sobre o meu pai. Com ninguém.

Realmente, não era um caso muito importante, ou assim eu pensava. Todo mundo estava perseguindo algo que queria, a boa vida que desejava, o *status* que lhe faria ganhar respeito. Eu não era diferente. E se houvesse tensões? Eu precisava apenas gerenciá-las melhor.

E eu achava que sim. Veja onde eu estava! O sol brilhava. Carmen ao meu lado. Eu estava no Emmy em Hollywood, prestes a renovar o contrato com o meu estúdio. Eu tinha construído um nome para mim.

Nós nos viramos e começamos a nossa lenta e convincente caminhada para o interior do Pasadena Civic Auditorium, para o início das cerimônias. Porém, andando em meio a todo aquele deslumbre e resplendor, eu não consegui ver no horizonte a tempestade que estava prestes a engolir a minha vida. Através dos meus óculos de sol, o mundo parecia ensolarado e rosado. Mas por trás dessas lentes, os meus olhos denunciavam linhas de ansiedade, preocupação e estresse.

Somos tão cegos em relação a nós mesmos, cegos em relação à tempestade que se abate sobre nós. Na verdade, eu já estava à deriva. Só que não sabia disso.

2. Os Pescadores

Pouco antes do amanhecer do dia 28 de outubro de 2005, cinco pescadores se preparavam para lançar ao mar um barco de fibra de vidro, com mais de oito metros de comprimento, ao longo do litoral de San Blas, uma pequena cidade praiana na costa ocidental do México. Esse tipo de barco, que lembra um esquife gigante, é chamado de *panga*.

A enseada da marina estava lotada com centenas desses pequenos barcos, amarrados a galhos de árvores que tinham sido enterrados no fundo do mar, formando cunhos de amarração provisórios. Não havia docas verdadeiras, apenas um barco insignificante depois do outro, amarrados da melhor maneira possível aos galhos de árvore que se projetavam para fora da água. A linha costeira consistia em um capim com quase um metro de altura, atulhado de contêineres enferrujados, barris de óleo, cadeiras, portas e outros entulhos. Mais adiante na costa, dezenas de barcos afundados, inúteis e adernados sobre um lado, jaziam como se tivessem prestado um serviço na guerra e vindo dar à praia depois de uma grande batalha.

O capitão do *panga*, Juan David Lorenzo, tinha reunido sua tripulação apenas no dia anterior. Consequentemente, a maioria desses homens não conhecia um ao outro, portanto permaneceram calados e isolados enquanto abasteciam o barco com tudo que necessitariam para a viagem. Lorenzo, conhecido pelos homens como o "*Señor* Juan", não era um pescador profissional, mas, como possuía um barco, um motor e uma rede de pesca, isso bastava para torná-lo capitão.

Com sorte, eles lotariam o barco de peixes em três dias. Mas, só por segurança, acrescentaram sanduíches, atum em conserva e garrafas de água suficientes para quatro dias, juntamente com alguns cobertores e roupas extras. Um dia inteiro de pescaria poderia render a cada homem duzentos pesos, cerca de vinte dólares. Três dias renderiam a cada um deles o suficiente para viver pobremente por cerca de uma semana.

Um homem de constituição forte, nos seus quarenta anos, o *señor* Juan era técnico em informática e na instalação de redes de computadores. Ele chegara a ter um emprego nesse ramo em Mazatlán, mas sua verdadeira paixão sempre o conduzia para a água, até San Blas. Mais do que qualquer outra coisa, ele era um aventureiro. O mar o fascinava. A pescaria era divertida, mas apenas como um passatempo; o que ele realmente amava era ficar na água dentro de seu barco.

Para o *señor* Juan, a pesca era um *hobby*; mas, para Salvador Ordoñez, era a sua vida. Ordoñez foi pescador durante quase trinta anos, tendo aprendido a pescar no Golfo, na costa leste do México. Tinha começado na adolescência, pescando tubarões, e acabara chegando a San Blas havia quinze anos.

O *señor* Juan sabia que precisava de uma tripulação que não tivesse só experiência em pesca, mas também que fosse forte e determinada para lidar com o difícil trabalho que a pescaria nessa parte do mundo exige. Para ele, ser resistente era importante na água e também na vida. Ser durão era o que ele próprio alentava; e também o que esperava dos outros. No mar, não usariam varas de pesca, mas sim uma rede que exigiria muita força para ser atirada e, especialmente, para ser recolhida. Três ou quatro dias no mar, sob o sol, cobravam o seu tributo físico. Você tinha de ser resistente, o *señor* Juan sabia, e Salvador Ordoñez o era, certamente.

Outros dois membros da tripulação, Lucio e Jesús, trouxeram para a equipe a sua própria valentia combativa e experiência de pescaria.

Lucio Rendon era o mais alto dos cinco e tinha a aparência de um guerreiro maia. Crescera debaixo de circunstâncias difíceis. Desde os dez anos de idade passou a morar em uma pequena cabana de chão de terra, juntamente com a sua avó, a quem chamava de Panchita. Lucio tinha abandonado a escola aos treze anos e aprendido a pescar com seu tio Remigio. A pesca tornou-se a sua vida. Lucio costumava caminhar ou pegar uma carona até a aldeia de pescadores mais próxima, Boca del Asadero, e, periodicamente, passava alguns dias ou semanas tentando arrumar serviços como diarista no mar.

Muitas vezes, Lucio trazia à sua volta um aspecto suave e triste, mesmo quando estava sorrindo, como se tivesse acabado de receber alguma notícia decepcionante. Era talvez o efeito de uma vida difícil e da resultante exaustão, apesar de ele ainda ser jovem.

Como Lucio, Jesús Vidana mudou-se de cidade em cidade em busca de trabalho em pequenos barcos pesqueiros. Ele morava a oito horas ao norte de San Blas em um barraco de um só cômodo, que ele construíra com paus e refugos de tábuas. O barraco não possuía eletricidade nem água encanada, e as paredes internas eram forradas com papelão, como forma de isolamento. Jesús era casado e vivia com a sua mulher, Jocelyn, que estava grávida, e o filho Juan, de quase três anos. Nas noites extremamente quentes, Jesús refrescava a sua família com um ventilador, que ele ligava a uma longa extensão elétrica, estendida até a casa do vizinho mais próximo, a cem metros de distância.

Jesús estava sempre cheio de energia, de "paixão", como ele chamava, que o mantinha constantemente alegre e dando risadas, e provocava um sorriso em todos os que o conheciam bem. Mas, às vezes, a sua paixão tomava outra direção e fazia-o inchar como um lagarto de chifre do Texas, alertando o predador que se aproximava a pensar duas vezes antes de mexer com ele. Porém, ao contrário do lagarto, Jesús não cuspia sangue pelos olhos. Ele mais latia do que mordia.

O *señor* Juan deu uma olhada ansiosa para o céu prestes a alvorecer. Como queria que partissem antes de o dia clarear, insistiu para que os homens se apressassem. Com frequência, ele era obstinado, mas, às vezes, revelava moderação; com isso, conseguia fazer com que a tripulação trabalhasse rapidamente. Quem visse as centenas de barcos pesqueiros na enseada logo percebia, como ele percebeu, que a pesca no Pacífico dentro de *pangas* era um estilo de vida bastante comum. Como todos os que estavam ao seu redor, ele fizera aquilo muitas vezes. No entanto, não tomava nada como certo. Apesar de rotineiro, mesmo assim era um trabalho perigoso, e ele precisava dos membros certos para a tripulação, aqueles com quem poderia contar para lidar com o que sempre era um trabalho duro.

O *señor* Juan tinha escolhido a dedo o quinto homem, que ele já conhecia. Seu nome era Farsero. Para o *señor* Juan, Farsero era um membro confiável da tripulação. Para os outros, era um mistério. Não sabiam quase nada sobre ele, e ele nunca tomava a iniciativa de falar sobre si mesmo. Quando alguém perguntava sobre a sua vida, dizia: "Você não tem nada a ver com isso." O *señor* Juan apresentara-o aos outros homens como *El Farsero*, que significa "o Trocista". Coisa que não era, pois raramente sorria.

Por outro lado, cada um dos homens tinha algo único, até mesmo misterioso. Uma história não contada, uma paixão, uma habilidade especial. Na verdade, Lucio conhecia Salvador de uma pescaria anterior. Lucio não falava disso, mas um ano antes o motor do seu barco havia falhado e eles ficaram encalhados em uma ilha durante certo tempo. Jesús tinha uma incrível voz para o canto, que conseguia preencher o ar de modo glorioso e repentino. E Salvador, forte e resistente, tinha uma profunda fé em Deus. Uma das últimas coisas que carregou para o *panga* foi sua preciosa propriedade. A sua Bíblia.

O *panga* possuía um casco em forma de V, que media três metros de largura e 1,3 metro de profundidade, com quatro divisórias de quase um metro de altura, que separavam o interior em cinco seções. Para armazenamento, havia uma área parcialmente coberta na proa. Além de algumas ferramentas, alimentos, cobertores e roupas extras, eles tinham a bordo um refrigerador cheio de gelo, facas de pesca, uma pedra de amolar, alguns metros de corda e uma âncora. Esse *panga*, em particular, tinha um recurso adicional: uma câmara de flutuação soldada ao casco que fornecia uma flutuabilidade extra para que a embarcação pudesse transportar uma carga maior de pescado.

Conforme o dia rompia por trás deles, os cinco pescadores saíram ao mar, passando pela cabana da capitania do porto e saindo do canal. O *señor* Juan virou o *panga* para oeste, em direção às Islas Marías, que ficavam a quase cem quilômetros à frente. Ele acelerou o motor e a parte dianteira do barco se elevou rumo às águas calmas do Pacífico. O fato de estar ao leme, no controle, trouxe-lhe um sentimento de pressa.

Os outros quatro homens se aninharam contra as paredes internas do barco, preparando-se para uma longa viagem, sem imaginar o que o dia realmente traria.

3. O Remo

— Vá pegar o remo — dizia o meu pai.

Só que não íamos andar de barco. Essa frase sempre me pegava desprevenido. Não entendo o motivo, porque depois de um tempo eu deveria ser capaz de perceber quando ela estava para ser dita. Mas, de alguma maneira, ela sempre me surpreendia.

Eu estava com cerca de nove anos de idade quando as surras com o remo começaram, geralmente por causa de algum incidente inócuo, típico de uma criança da minha idade, tal como dizer uma mentirinha, ter um acesso de birra ou escrever com butano o meu nome na entrada de carros e depois tocar fogo. E, está bem, houve aquela ocasião, quando eu tinha cinco anos, em que feri a perna do meu irmão com uma tesoura. (Eu não fazia a menor ideia de que a pele da perna fosse tão delicada.)

Na nossa casa, a disciplina era distribuída através do remo da fraternidade[1] do meu pai, que ficava guardado em cima da geladeira, ao lado de bolas de poeira, cigarros e vodca, até ser convocado para entrar em ação, geralmente de dez a doze vezes ao ano. Quando ele dizia essas quatro palavras, era como se estivesse pedindo para alguém lhe passar o sal. Esses pedidos pareciam não

---

O "remo da fraternidade" é um objeto feito de madeira, de tamanho variável, com as letras gregas que dão nome às fraternidades das universidades norte-americanas. Os membros da irmandade mandam fabricar remos personalizados e dão de presente, uns aos outros.

transmitir qualquer raiva. Eles me apavoravam, mas acho que não afetavam nem um pouco o meu pai. O seu rosto ficava inexpressivo e ele não olhava para mim quando fazia o pedido.

Lutando para me entorpecer, eu tentava de tudo — repassava na minha cabeça episódios de *Heroe's Hogan* [*Guerra, sombra e água fresca*, no Brasil] ou *The Munsters* [*Os Monstros*], e jogava jogos imaginários de basquete nos quais todos os lances acertavam na cesta — para me convencer de que a dor era apenas temporária. Eu fazia qualquer coisa.

— Fique na posição — ele comandava. Ele agia como um carrasco que não tinha nenhuma ligação com as suas vítimas e estava desvinculado das suas ações, proposital e permanentemente.

Eu começava a estender as mãos para baixo, em direção aos meus pés.

— Curve-se e agarre os tornozelos. — Infelizmente, eu aprendi o que era um tornozelo ao passar inúmeras vezes por essa rotina humilhante. Nesses momentos em que eu os agarrava, não sentia coisa alguma.

Nenhum de nós falava durante essas sessões. O único som era o do meu pai me espancando. O seu objetivo era imprimir em mim não apenas as letras do alfabeto grego que estavam impressas no remo da fraternidade, mas também a regra fundamental da nossa família: *jamais fazer travessuras*.

Fotos da infância do meu pai mostram um menino sério, vestido de macacão. Ainda hoje, ver essa imagem dele, ao lado da sua mãe e seu pai, todos com uma aparência severa nos rostos, me faz querer adivinhar o enigma da sua vida. Talvez tenha sido um cinto ou uma chibata nas mãos de um pai gigantesco e raivoso, que o açoitava pelas costas. Talvez daí tenha vindo o silêncio. Vício. Raiva. Amargura. Parece que ninguém conhece os detalhes, mas algo deve ter causado a grande dor desse homem. Ela manifestava-se de inúmeras maneiras.

Acho que, para mim, as coisas tinham sido mais fáceis do que para os meus irmãos e irmã mais velhos. Eles suportaram uma versão menos suave do nosso pai e desenvolveram uma grande e perigosa aversão por um homem que ainda hoje permanece praticamente indiferente à dor e aos danos que causou. Eu era o caçula: forte, agradável e, aparentemente, cheio de promessa para um pai com a firme decisão de criar um *quarterback* de futebol americano. Eu também era competitivo em acrescentar o meu nome à lista de todas as ligas esportivas que a minha pequena cidade tinha a oferecer, em parte para agradar o meu pai, mas principalmente, pela oportunidade de bater de volta, me enraivecer, empurrar e esmurrar de uma maneira legitimada por um árbitro e por um uniforme. O futebol americano era ideal para isso. Mas eu queria ser um *linebacker*, como Dick Butkus, para poder derrubar os adversários.

Infelizmente, disseram-me que eu tinha de ser um *quarterback*. *Quarterback? Não, por favor, não um quarterback. Ele não bate em ninguém.* Fran Tarkenton foi um *quarterback*. E, além do mais, ele foi um *quarterback* muito veloz; na verdade, ele fugia das pessoas. Eu não queria ser Fran Tarkenton. Queria ser Dick Butkus. Queria me atirar em cima de alguém e derrubá-lo no chão. Era a minha chance de provar a minha masculinidade, de ser um macho, de despejar em cima dos outros a raiva que eu tinha do meu pai.

Bem, eu era um péssimo *quarterback*. E todos sabiam, em especial o meu pai, que raramente perdia uma oportunidade de me lembrar disso. Mas eu era bom em fazer as pessoas rirem, o que parecia uma ótima maneira de esconder a minha confusão interior. Portanto, eu andava, principalmente, com gente que aceitava as minhas piadas ou não se importava em ser o alvo delas. Quando estava com essas pessoas, eu conseguia me sentir suficientemente bem, mesmo que fosse só por alguns minutos na mesa do almoço.

Nessa cidade pequena, a gente não odeia o próprio pai. Ou, se odeia, nunca fala sobre isso. A gente procura participar de um time de futebol, esforça-se para trabalhar arduamente e, se tiver sorte, consegue um bom emprego na fábrica de fiação. Eu continuei a defender o meu pai perante o resto da família e da cidade em geral pelo maior tempo possível, como tendem a fazer os filhos que anseiam pela aprovação dos seus pais.

De certo modo, ele se comportava como muitos outros pais. Era treinador de beisebol, futebol americano e basquete de uma pequena cidade que queria que os seus filhos fossem vencedores. Ele trabalhava duro; no verão, era carpinteiro. Mas acredito que, para ele, tudo se parecia com um prego, e ele era o martelo. Eu nunca sabia qual lado dele se mostraria em um dia qualquer.

Ele tentou se unir a mim por meio do golfe. Certa vez, na escola secundária, eu estava vencendo uma partida no campeonato do clube. Eu já tinha avançado três buracos, faltando quatro para jogar, quando ele apareceu no percurso do golfe e começou a me dizer que eu estava fazendo algo errado. Pedi-lhe para sair, e ele ficou irritado e foi embora, furioso. Eu perdi a partida no último buraco. Naquela noite, depois de beber bastante, ele invadiu a sala de estar, trocando os pés. Eu envolvi a minha cabeça com os braços, como um boxeador que está apenas tentando sobreviver àquele *round*. A minha mãe cortava o cabelo dele e estava atenta, segurando a tesoura como se fosse uma navalha, na tentativa de me proteger. Ele me bateu algumas vezes, e a minha mãe começou a gritar que ia chamar a polícia. Tudo que me lembro é que ele parou.

Eu sei que não sou a única criança que apanhou do próprio pai. E, como outros que passaram pela mesma experiência, a última saída era, bem, sair. Talvez você conheça isso muito bem. Talvez você tenha ido embora. Você saiu de casa e foi para outro lugar — para a faculdade, em uma viagem, para um emprego do outro lado do país. A distância faz diluir os sentimentos, as memórias. E, por fim, você construiu uma nova vida em que criou algo mais, algo no qual foi bem-sucedido.

Mesmo assim, essas experiências ainda estão dentro de você. E aquilo que você faz a cada semana e a cada dia é, de certa maneira, afetado por elas. Só que você não sabe disso. Você não sabe por que faz aquilo que faz.

Lembro-me de que, quando eu tinha 17 anos, pouco antes de sair de casa para sempre, o meu pai começou a me levar com ele nos seus passeios de motocicleta — uma tentativa, eu suponho, de criar laços entre pai e filho. Rodávamos sobre o asfalto novo, parávamos em cada boteco ao longo do caminho e sentávamos juntos, em silêncio, enquanto eu aperfeiçoava uma nova maneira de encobrir a minha dor: virando copo atrás de copo da cerveja Old Milwaukee, até ficar entorpecido. Então voltávamos para casa. Ironicamente, ele tinha quebrado o seu remo no meu calejado traseiro no ano anterior, batendo-me pela mesma coisa que agora estava me incentivando a fazer. De uma hora para outra, eu me tornei o seu companheiro de bar.

Durante as surras, eu tinha feito o possível para escapar da dor, ao ficar à deriva dentro de um mundo imaginário na minha mente. Mais tarde, depois de ter experimentado o efeito do álcool ao cair no estômago, a minha rota de fuga tornou-se muito mais rápida, muito mais eficaz e exigia um esforço consideravelmente menor. Ah, as coisas que não sabemos sobre as coisas que não sabemos.

Eu tinha muita clareza sobre o que esperavam que eu fosse, para onde esperavam que eu me dirigisse. Mas eu fui embora, no entanto, e lancei a minha âncora em algum oceano da vida, perseguindo algo que esperavam que eu alcançasse.

4. O Pacífico

Quando o panga se aproximou das Islas Marías, o *señor* Juan desligou o motor. Os homens começaram imediatamente a desenrolar a rede de pesca, a *cimbra*, como já haviam feito centenas de vezes.

Uma cimbra é feita à mão, com uma fibra de náilon fina, porém forte. É esticada entre duas estacas e os meninos mais jovens das aldeias pesqueiras caminham para a frente e para trás, tecendo-a juntos, como se ela fosse uma rede de tênis gigantesca e quilométrica. Na água, ela flutua horizontalmente a cerca de seis metros abaixo da superfície, suspensa por boias velhas que têm hastes com bandeirolas anexadas a elas, a fim de avisar os outros barcos para se manterem afastados. Assim que a rede está no lugar, o barco ziguezagueia lentamente através da água, apanhando qualquer vida marinha que, por acaso, esteja no lugar errado na hora errada.

Essa específica cimbra se estendia por uns 3,5 quilômetros.

O *señor* Juan dava tanto valor à sua cimbra quanto ao seu barco. A rede enorme valia três mil dólares, mais que os salários de um ano de um pescador. Era tão valiosa, que a pessoa arriscaria a própria vida para salvá-la. Ocasionalmente, algo apanhado por uma cimbra pode vir a danificá-la. Uma raia-lixa, por exemplo, consegue destruir uma cimbra em um curto espaço de tempo.

Nesse caso, o pescador arranca fora todas as suas roupas, pega uma faca de pesca, mergulha na água e corta fora as "asas" do animal com precisão cirúrgica, mesmo enquanto a raia-lixa está tentando matá-lo — tudo para evitar danos à rede.

Presos à borda inferior da cimbra, e a uma distância de nove metros entre si, há arames de três metros de comprimento, nos quais são presos anzóis de tubarão de 7,5 centímetros, sendo que alguns contêm iscas. Na superfície, acima de cada linha para tubarão, um flutuador — geralmente uma garrafa plástica de refrigerante — serve como sinalizador. Quando o pescador percebe qualquer tipo de agitação na rede, ele a puxa em direção ao barco. Se houver algo de valor, isto é, um tubarão ou um atum, ele vai retirar o peixe da rede, jogá-lo na barriga do barco e acertar-lhe a cabeça com um porrete.

Esse é um trabalho massacrante.

No primeiro dia, os cinco confiantes pescadores não pegaram nada de importante. Depois de a cimbra estar no seu devido lugar, eles se sentaram no barco à espera de atividade na rede, ocasionalmente cochilando quando não havia nenhuma.

A maioria dos pescadores nessa parte do mundo tem feito isso desde o ensino fundamental. Os seus pais fazem isso. Os seus irmãos fazem isso. As suas irmãs são casadas com homens que fazem isso. Tios, avôs, bisavôs — todos os homens, desde os tempos mais remotos de que conseguem se lembrar — têm feito isso. Principalmente, eles se sentam, esperam e observam os sinalizadores, em busca de qualquer movimento. Às vezes, conversam um pouco; às vezes, cochilam. Quando a natureza exige, abaixam as calças, sentam-se na borda do barco e se aliviam no mar; depois basta deixar o traseiro se arrastar na água. Nenhum papel é necessário.

Logo após a meia-noite, uma mudança no vento acordou Salvador, também conhecido pelo nome familiar de "Chava". Movendo-se rapidamente em direção a eles havia um paredão de nuvens negras de oito quilômetros de altura. Salvador acordou os outros homens, mas o *señor* Juan e Farsero estavam despreocupados com a aproximação da tempestade. Era como se os dois nunca tivessem estado antes nesse tipo de situação e não conseguissem perceber a sua gravidade.

Jesús e Lucio estavam alertas e de prontidão, tal como o policial que presta auxílio a um companheiro em apuros. Estavam prontos para entrar em ação quando fosse solicitado. Sabiam da gravidade da situação. Embora só tivessem uns 25 anos de idade e parecessem um par de empregados diaristas errantes, ambos faziam esse tipo de trabalho havia quase vinte anos. Eram experientes e tão vigorosos quanto o mais vigoroso dos homens, e sabiam que a situação podia ficar ruim, muito rapidamente.

Em poucos minutos, o vento estava uivando e atingiu, rapidamente, mais de sessenta quilômetros por hora, produzindo ondas de quatro metros que jogavam o barco e o seu conteúdo de um lado para o outro, como uma bola de pingue-pongue dentro de um globo de loteria. O clarão dos relâmpagos iluminava o mar noturno.

Eles se agacharam contra a lateral do barco, para se proteger. A água fria do mar atingia com violência todo o barco e se precipitava sobre os homens com golpes devastadores, ferindo os seus olhos como agulhas.

Salvador sabia que cada onda monstruosa trazia uma ameaça de morte. Se o *panga* emborcasse ou os homens fossem arrastados para o mar, havia pouca chance de sobrevivência. Um vagalhão levantou o barco a uns dez metros de altura e trouxe-o de volta para baixo com um impacto ensurdecedor, esticando a cimbra além do seu ponto de ruptura e arrebentando a corda como se fosse um feijão-de-vagem maduro.

— Por que você não amarrou a corda direito? — O *señor* Juan gritou para Salvador.

— Você é o capitão! — respondeu ele, com irritação. — Você mesmo devia ter verificado. — Salvador ficou parado no centro do barco, exposto até o peito à água gelada do mar, os olhos em brasa.

Salvador sempre demonstrou respeito pelas figuras de autoridade... se elas o merecessem. No mar, qualquer um pode ser chamado de "capitão". O fato de possuir um barco pode fazer com que você seja *chamado* de capitão, mas isso não o *torna* um capitão. Culpar ou humilhar a tripulação não faria do *señor* Juan um capitão.

As monstruosas ondas negras continuavam impelindo-os de seis a nove metros para o alto e para a espuma gelada na sua crista. Então, como um carrinho de montanha-russa que se familiariza de novo com a gravidade, o barco caía diretamente para a escuridão. Não havia nada que eles pudessem fazer, a não ser se agarrar às bordas do *panga* e ter esperanças de que ele permanecesse na posição correta.

Eles reuniram a maior quantidade possível de energia e cavalgaram através da ira do mar, assistindo a maioria dos seus suprimentos voarem para fora do barco, na direção da escuridão. Era como lutar doze *rounds* com Mike Tyson. Um Mike Tyson furioso e no auge.

A tempestade finalmente se acalmou.

E os pescadores fizeram um balanço do que tinha acontecido. A cimbra não estava à vista. Uma corda esfiapada era tudo o que restava.

— Nós vamos encontrar a rede — murmurou o *señor* Juan.

Salvador tentou argumentar com ele, sugerindo que tentassem alcançar a terra e voltassem mais tarde para procurar a rede, mas o *señor* Juan rejeitou a ideia.

Salvador era um pescador experiente — quase trinta anos de prática — e tinha visto isso acontecer antes. Os equipamentos se extraviam com frequência e, muitas vezes, a melhor coisa a fazer é voltar para a costa, descansar um pouco e voltar mais tarde, com um par de olhos descansados e mais galões de gasolina. Não era por suas próprias razões egoístas que ele estava dizendo ao *señor* Juan para voltarem para a costa. Ele queria, sinceramente, ajudar o *señor* Juan a encontrar a rede, e Salvador sabia que fazer uma pausa era uma solução inteligente.

Mas o *señor* Juan insistia em continuar a busca. Salvador se submeteu à autoridade do *señor* Juan, como o proprietário do barco, e ficou alerta, procurando diligentemente a cimbra perdida. Eles permaneceram na água por mais dois dias, com o *señor* Juan circulando e cruzando freneticamente a área, quase esgotando o estoque de combustível.

Salvador sabia que agora estava ficando impossível voltar para a terra. Não tinham combustível suficiente. Sabia que a única coisa que podiam fazer era procurar outro barco. Por fim, avistaram um navio à distância e se dirigiram para ele.

Todos os homens se sentiram aliviados. Apesar de não terem achado a rede, pelo menos haviam encontrado alguém que poderia ajudá-los a alcançar a terra, para que reabastecessem e voltassem no dia seguinte para continuar a busca.

Mas antes de atingir a metade do caminho, o motor tossiu e morreu. Haviam esvaziado os galões de combustível. Os homens gritaram e acenaram para o outro barco, ainda a mais de meio quilômetro de distância. Mas talvez por não querer que suas linhas de pesca ficassem enroscadas, os homens do outro barco ligaram o motor e se afastaram. Não havia outros barcos à vista. A maioria retornara ao porto antes da tempestade. O *panga* estava à deriva agora, capturado pela correnteza do oceano Pacífico que se movia para o oeste. Os ânimos começaram a se inflamar.

Salvador ainda conseguia ver uma das Islas Marías, mas a forte corrente estava empurrando o pequeno barco pesqueiro para o alto-mar.

Os pescadores logo perceberam que a perda da cimbra era o menor dos seus problemas. A tempestade havia levado embora algumas das ferramentas e todos os alimentos enlatados. Algumas garrafas de água e uns poucos sanduíches se salvaram, além das facas de pesca, algumas roupas extras, um e outro cobertor e a Bíblia do Salvador.

Depois de dois dias procurando a cimbra, os homens estavam exaustos e, finalmente, nada mais restava senão deitar e dormir.

Quando Salvador abriu os olhos na manhã seguinte, levantou-se e olhou em volta. Não viu nada, além de água em todas as direções.

5. O CAMPUS

A PRIMEIRA VEZ EM QUE VI CARMEN, ela usava mocassim verme-lho-sangue, camisa amarela e calças cáqui. Estava deslumbrante. O seu cabelo castanho, descolorido pelo sol, tinha sido cortado muito curto, e as suas feições eram fortes e acentuadas.

Eu não consegui ouvir nem ver nada mais.

Observei-a deslizar através da sala e, para o meu espanto, vir sentar-se ao lado do meu companheiro de quarto Pee-Wee, que tinha 1,93 centímetros de altura e pesava 127 quilos. Ele e eu es-távamos iniciando o último ano do curso universitário e fazíamos parte de um grupo de estudantes da Universidade de Iowa que se oferecera para ajudar os ex-alunos que regressavam para suas reuniões de classe a ter uma boa acolhida. Achei que isso seria um ótimo acréscimo ao meu currículo, e poderia também usar a camisa amarela que nos davam de presente.

Eu estava prestes a saltar sobre a mesa e me introduzir à força entre essa encantadora garota misteriosa e Pee-Wee, quando ele sussurrou alguma coisa que a fez rir. *Oh, não.* Então ele cochichou mais alguma coisa para ela. Ela riu novamente. Eu estava pronto para apertar o botão antipânico. Mais uma piadinha sua, e eu es-taria frito. E o fato de ele ser meio bonitão não ajudava em nada. Fiquei lá sentado, maquinando a minha estratégia. *Como posso me colocar entre eles?* Quando a reunião acabou, Pee-Wee correu para a porta de saída com ela e a atravessaram como um raio. Quando cheguei ao corredor, já haviam sumido.

A música "Another One Bites the Dust" [mais um bateu as botas] ficou tocando na minha cabeça até eu chegar em casa naquela noite. Eu estava me consolando com a minha barra de wafer diária quando Pee-Wee entrou no nosso apartamento.

— Você conhece a garota com quem saí da reunião? — ele disse casualmente. — Ela queria saber se eu conhecia aquele cara com "os olhos castanhos sonhadores".

O quê? Será possível? Sim! Ela estava falando de mim!

Eu fiz com que ele sentasse e interroguei-o.

— De onde ela é? Quantos anos ela tem? Como ela é? Fala logo, cara! Preciso dessa informação!

Alguns dias mais tarde, eu avistei a beleza de cabelos curtos que pensara ter perdido para o corpulento colega. Ela estava com a sua companheira de quarto, Leigh Ann, mas eu só tinha olhos para Carmen. Andei em direção a elas e fiquei em seu caminho.

— Eu vou me casar com você — eu disse sem pensar, surpreendendo até a mim mesmo.

— Eu nem sequer o conheço — Carmen respondeu.

— Bem, por que você não sai comigo e aproveita para me conhecer? — Perguntei.

— Eu tenho namorado — ela respondeu; o que me tirou instantaneamente da jogada.

— Ah — eu disse, tentando disfarçar a angústia que estava sentindo. Lembro vagamente que completei com algo do tipo "Então, a gente se encontra por aí" e me afastei.

Mas, tendo chegado tão próximo a ela, eu sabia que, de alguma maneira, com namorado ou não, precisava encontrar um jeito de fazer com que ela fosse minha. Pedi ao meu amigo Kevin, um jornalista investigativo iniciante, para tentar encontrar o número de telefone da Carmen. Em vez disso, ele conseguiu o telefone da Leigh Ann, portanto liguei para ela, dei-lhe o meu número e pedi para interceder por mim junto a Carmen.

Apesar da minha tentativa de me apropriar dela — "Eu vou me casar com você" —, Carmen me ligou e concordou em sairmos para tomar alguma coisa. (Para deixar registrado, eu nunca tinha usado esse tipo de conversa com qualquer outra garota.)

No dia seguinte ao nosso primeiro encontro, ela me disse que gostava do meu senso de humor e, mais tarde, me confessou que tinha ficado decepcionada porque eu não lhe dera um beijo de boa-noite. A verdade é que, como não queria assustá-la, eu escolhi a direção oposta: completamente sem toque de mãos (e de lábios). Eu estava apaixonado, totalmente fora de mim.

Esperei durante dois dias aflitivos e então liguei para ver se poderíamos nos encontrar de novo. Dessa vez nos beijamos. Foi um espetáculo de fogos de artifício.

Mas havia um problema: o namorado dela. Ela tinha um, realmente. Ele era bonito e sarado. Eu pesava somente 67 quilos. Nas semanas seguintes às que conheci Carmen, nós nos vimos esporadicamente. Certa noite, durante uma caminhada, paramos perto de um parque e andamos à toa até os balanços. Enquanto nos balançávamos, decidi dar-lhe um ultimato.

— Não quero que você saia com mais ninguém — eu disse com firmeza. Na verdade, eu estava esperando ouvir o pior: "Até que você parece um cara agradável, mas..." ou "Acho que devíamos ser só amigos" ou, pior que tudo, "Desculpe, mas eu estava para lhe dizer que acabei de ficar noiva".

Esperei pela sua resposta.

— Rompi com ele hoje — disse ela, sem muito alarde.

Os meus ouvidos deviam estar atrasados em relação ao tempo real porque eu a atropelei:

— Eu só vou continuar me encontrando com você se você sair exclusivamente comigo...

Espere. Ela acabou de dizer que rompeu com ele hoje? Por minha causa? Antes sequer de eu lhe pedir?

Sim, de fato.

Depois disso, passamos a ir juntos a todos os lugares e fazíamos tudo juntos. Suponho que estávamos destinados a nos casar. Tudo o que eu pensava era como queria estar com Carmen. Ela era dona de uma bondade doce e calorosa, e eu me sentia amado, talvez pela primeira vez na vida. E, além disso, ela ria das minhas palhaçadas. Ter uma garota linda que nos ama e ri das nossas piadas é tudo que um sujeito realmente precisa.

Sem dúvida, isso suavizava uma série de mágoas pessoais. A humilhação das surras, a dor da vergonha e a confusão sobre qual o meu caminho e quem esperavam que eu fosse — tudo isso desapareceu. A presença de Carmen na minha vida me proporcionou um senso de equilíbrio que eu nunca tinha tido.

O semestre do outono havia começado e pareceu-nos que era hora de eu conhecer os seus pais. Bom, na verdade, foi ideia de Carmen; tenho certeza de que eu estava mais do que disposto a adiar o encontro. Mas saímos de Iowa City numa sexta-feira e viajamos para a sua cidade natal, Newton, a fim de assistir o seu irmão jogar uma partida de futebol americano na escola secundária. Conheci os pais de Carmen e tudo correu muito bem. (Pelo menos, eles não demonstraram estar incomodados com a minha presença lá.)

Carmen e eu fomos ao clube de campo onde ela tinha trabalhado como salva-vidas. Visitamos a sua escola secundária e, mais tarde, encontramos alguns dos seus antigos amigos. Fomos até a fábrica da Maytag, de máquinas de lavar e secar roupas; em seguida, fomos à lanchonete Maid-Rite, onde comemos sanduíche de carne moída; e, finalmente, terminamos o programa na loja de utensílios domésticos de propriedade dos seus pais. Parecia aquela canção de John Cougar Mellencamp: *Ain't that America for you and me... Little pink houses...* [Essa América não é para você e para mim... Casinhas cor-de-rosa...]

Eu recebi duas ofertas de emprego ao sair da faculdade: na Maytag e na Carnation Milk Company. A Maytag estava instalada na cidade natal de Carmen, portanto cortamos rapidamente essa empresa da lista porque, como sabíamos que íamos acabar ficando juntos, ela não queria viver tão perto dos seus pais. A Carnation me ofereceu um emprego em Charlotte, e eu respondi "sim".

Cara, eu dei um belo salto. Mais de 19.500 dólares por ano e um carro da empresa (um Chevy Citation com dois anos de uso). Três novíssimos ternos da loja de roupas masculinas Ewers (eu tinha trabalhado lá quando estava na faculdade), dois pares de sapatos modelo escocês (um preto e um marrom) e um cartão de crédito da Sears. Eu me considerava rico, só por ganhar aqueles 19.500 dólares. Pareciam suficientes para comprar absolutamente tudo que eu sempre quis algum dia. (Levou alguns anos para terminar de pagar o cartão da Sears. O aspirador de pó acabou me custando cerca de 700 dólares.)

Carmen e eu passamos um ótimo verão juntos. Mas o verão chegou ao fim e ela teve de voltar para o seu último ano de faculdade. E quando ela terminou, eu já me tornara a confusão em pessoa. Estava péssimo no meu trabalho, e pouco me afeiçoei ao meu chefe, que se considerava o general Patton. E eu estava muito solitário.

Possuía apenas dois amigos, Pat e Greg. Eles eram pessoas divertidas que trabalhavam na área comercial da televisão, e me convidavam para lhes fazer companhia, sendo que, na maioria das vezes, isso significava beber cerveja.

Eu ligava para Carmen a cada poucos dias, em lágrimas e implorando que me visitasse. Ela vinha no final de semana e, quando voltava para casa, eu me agarrava a Pat e Greg. Num sábado à tarde, nós carregamos o aparelho de televisão de Pat para a piscina e assistimos futebol o dia inteiro. Enquanto bebia e assistia TV, eu precisava estudar a minha linha de produtos porque o general Patton ia me interrogar na segunda-feira sobre o preço de uma lata de comida para cães Mighty Dog de 180 gramas *versus* uma lata de 200 gramas.

— Ei, talvez você seja bom no que Greg e eu fazemos — disse Pat inesperadamente. — Nós vendemos tempo na televisão.

"Tempo na televisão?" Eu amava televisão. Aparelhos de televisão. Comerciais de televisão. Comidas congeladas para comer diante da televisão. *Eu posso fazer qualquer coisa que tenha algo a ver com televisão,* pensei.

Ele marcou uma entrevista para mim, e eu coloquei o meu melhor terno e os sapatos escoceses pretos. Os escritórios, muito bonitos, ficavam perto do centro comercial, e o carro da empresa que ele usava era um Cutlass Ciera. Cara, o que eu não faria para ter um Ciera!

O seu chefe disse que podia ser que tivessem uma vaga em Atlanta. Num dia da semana seguinte, eu me dirigi até lá para me encontrar com o gerente, que disse que eu parecia ser o "cara certo no lugar certo". Ele deve ter gostado do meu terno azul e dos meus sapatos. Duas semanas mais tarde, mudei-me para Atlanta.

Finalmente, eu estava no meu caminho.

6. Irmãos de Sangue

Os pescadores estavam à deriva já por quase quatro dias.

Todos os alimentos e a água tinham se perdido. A última refeição de Jesús se resumira ao que ele conseguira espremer do tubo da sua pasta de dentes na noite anterior.

— Temos Deus acima de nós, zelando por nós — Salvador disse aos outros, tentando tranquilizá-los. Ele estava confiante de que iriam sobreviver. — Ele está sempre conosco. Nós possuímos uma Bíblia. Temos de rezar.

A Bíblia da Salvador era especial para ele. Quando jovem, havia muitas vezes se metido em encrencas. Durante uma dessas confusões, o seu amigo tinha sido gravemente ferido. O médico dissera que ele nunca mais andaria. Em todos os dias que passara no hospital, o amigo de Salvador lera a Bíblia que seus pais lhe haviam dado. Ele contara a Salvador que tinha confessado seus pecados a Deus, prometendo dar o melhor de si no futuro, e confiava que Deus iria realizar um milagre. Acreditava que sairia andando do hospital, sobre as próprias pernas. Salvador concordara que isso seria uma grande bênção, mas tinha assistido ao seu amigo suportar semanas de fisioterapia sem qualquer progresso.

Quando chegara o dia de deixar o hospital, o amigo de Salvador havia deslizado em direção à saída em uma cadeira de rodas velha e instável. De repente, uma das rodas se soltara, fazendo com que a cadeira parasse bruscamente. Salvador assistira perplexo à medida que o amigo se levantava da cadeira, dava um passo em direção à porta e saía do hospital, assim como havia dito que faria. O amigo dissera para Salvador que, se acreditasse no poder de Deus, os milagres estariam disponíveis para ele. Então dera a sua Bíblia de presente para Salvador.

Os outros homens não conheciam a história sobre a Bíblia de Salvador, e o *señor* Juan parecia não compartilhar a fé de Salvador. Ele se sentava na borda do barco por horas seguidas, praticamente sem fazer nada. Era frequente Farsero imitar o enfado do *señor* Juan.

Salvador foi lentamente se tornando o capitão, de maneira automática; Jesús, o segundo em comando; e Lucio, um ajudante ocasional e o cronometrista oficial, já que possuía um relógio de pulso Casio de vinte dólares, com calendário. Na primeira noite depois que perceberam que estavam perdidos, Lucio olhou o relógio. Faltavam dez minutos para as 19h. Depois de um tempo, que lhe pareceu como se tivessem passado duas horas, ele olhou novamente para o relógio. Faltavam cinco minutos para as 19h.

Salvador distribuiu aos homens trabalhos que poderiam ajudá-los a passar o tempo e dar-lhes um senso de propósito. Jesús e Lucio deviam ficar vigiando a passagem de barcos. Dois dias mais tarde, avistaram no horizonte dois petroleiros enormes e começaram a gritar e agitar os braços. Todos os homens tiraram suas camisas e acenaram furiosamente, berrando a plenos pulmões. Eles não tinham dúvidas de que alguém num dos petroleiros iria vê-los. Mas, mesmo que alguém estivesse procurando um barco pequeno, teria sido impossível vê-lo daquela distância.

Já há dias sem água, os homens estavam com dificuldade de engolir. A impressão era de que ingeriam pequenos pedaços de vidro. Alguns deles consideravam como a sua única opção beber a água do mar, mas Salvador, que fizera um curso de sobrevivência no ano anterior em San Blas, tinha mais conhecimentos. Ele lhes disse que aquilo seria um erro. Ainda assim, os outros decidiram arriscar. Cada um deles mergulhou a camisa na água, ergueu-a até a altura da boca aberta e torceu a camisa, deixando cair um pouco da água do mar sobre a língua.

Enquanto isso, Salvador cortava, com uma faca de pesca, um pedaço de um recipiente plástico, de modo a fazer um copo. Em seguida, abaixou as calças.

— O que você está fazendo? — perguntou Jesús, na dúvida.

— Eu quero viver — respondeu Salvador. — Vou beber isso, e para sobreviver. — Salvador urinou no copo, levou-o aos lábios e bebeu.

— Eu não vou beber a minha! — disse Lucio, rindo.

Não demorou muito tempo para Lucio e Jesús sofrerem os efeitos de beber a água do mar. Lucio descreveu que a dor estava localizada nas costas e na cabeça, com milhares de agulhas espetando. O seu estômago doía tanto em alguns momentos, que ele chegou a chorar.

Percebendo que não podiam mais beber a água do mar e que Salvador estava certo, Lucio e Jesús seguiram o exemplo e começaram a beber a própria urina.

Felizmente, em breve, os pescadores viram-se envoltos por uma garoa cerrada, então criaram um sistema improvisado de calhas sobre o compartimento da proa e lavaram os galões vazios de gasolina, a fim de recolher a maior quantidade possível de água da chuva.

Eles se revezaram para dormir durante o dia, sob a proteção do compartimento da proa ou sob os cobertores. À noite, podiam ver as luzes dos navios a quilômetros de distância, mas era inútil tentar chamar a sua atenção. Às vezes, ouviam um avião sobrevoá-los, mas não havia qualquer possibilidade de que alguém que olhasse pela janela a dez mil metros de altitude, mesmo num dia claro, pudesse vê-los.

Os homens se perguntavam muitas vezes se algum dos outros pescadores, ao voltar para casa, tinham notado que eles estavam desaparecidos. Não era incomum que ficassem sem fazer contato com as suas famílias por longos períodos. No entanto, Remigio, tio de Lucio, foi a San Blas e perguntou se alguém tinha visto ultimamente o seu sobrinho. Ele também verificou com os funcionários do porto de San Blas, que disseram não ter nenhum registro de um barco partindo com Lucio a bordo.

— Claro que não há um registro — Remigio lhes disse. — Eles devem ter zarpado no escuro porque são pobres demais para comprar uma licença de pesca.

As autoridades disseram que fariam o possível, mas não iriam desperdiçar combustível para procurar Lucio na água, pois o mais provável era que ele tivesse ido passar alguns dias com os amigos para festejar, o que ele fazia em certas ocasiões.

O *señor* Juan ainda estava tecnicamente no comando, mas Salvador era quem liderava os esforços para se manterem vivos. Sem comida e sem água numa base regular, a única fonte incessante de alimentação no barco era a Bíblia. Salvador lia-a regularmente e a oferecia aos outros homens. Foram necessárias algumas tentativas, mas finalmente os outros perceberam que ela podia confortá-los também.

Jesús tinha esperanças. Ele repetia várias vezes que logo seriam resgatados. Mas Lucio estava passando a ter raiva de tudo, especialmente dos barcos que não os viam. Havia passado apenas duas semanas, mas ele estava começando a enlouquecer. Treze dias sem comida e com muito pouca água estava diminuindo a resistência de todos os homens, mas, quando a temperatura esfriava à noite, eles acordavam e ficavam conversando. Embora o *señor* Juan tivesse tentado jogar sobre os outros a culpa pela perda da cimbra, os homens o perdoaram por ele ter usado todo o combustível para procurá-la. Entenderam que a rede era muito valiosa e que, como capitão e proprietário do barco, ele tinha o direito de dar ordens. Além disso, não faria bem a qualquer um deles abrigar maus sentimentos. Salvador podia ver que o *señor* Juan estava sofrendo mais do que os outros, portanto fez um esforço especial para confortá-lo.

Certa noite, Salvador dirigiu-se para a popa do barco onde o *señor* Juan estava inclinado sobre a borda, olhando fixo para a água.

— Chava, olhe — o *señor* Juan sussurrou, indicando um ponto no mar a seis metros de distância. — Uma *caguama*.

Instantaneamente, Salvador estava fora do barco e dentro da água. Assustados com o barulho do mergulho, Lucio e Jesús correram para a popa, querendo ver o que tinha acontecido. Farsero não se moveu. Salvador agarrava o casco de uma tartaruga marinha de vinte quilos. Ele já tinha feito esse tipo de coisa antes, mas nunca num estado físico enfraquecido por duas semanas sem comida, e jamais com uma corrente marinha que se movia de forma mais rápida do que ele conseguia nadar. Ele sabia que, se fosse arrastado para muito longe do barco, não seria capaz de fazer o caminho de volta. Salvador também sabia que a tartaruga estava prestes a dar um mergulho profundo.

Ele tentou virar a tartaruga com um movimento brusco, mas, antes que conseguisse, ela arrastou-o para um passeio a 2,5 metros abaixo da superfície da água. Quando ele e a tartaruga vieram à tona, Salvador bateu freneticamente as pernas, tentando voltar para o barco, ainda segurando o casco do animal. Jesús e Lucio encorajaram-no, aguardando com as facas de pesca na mão e o que restava da corda desfiada que havia prendido a cimbra.

Finalmente, Salvador empurrou a tartaruga sobre a borda do barco, e Lucio então enrolou a corda em torno de uma das nadadeiras frontais. Jesús agarrou a outra nadadeira e eles içaram para o barco a sua próxima refeição. Em seguida, inclinaram-se e puxaram Salvador.

Jesús cortou fora uma nadadeira e deu-a para Salvador, que lambeu o sangue como se estivesse lambendo um sorvete de casquinha. Lucio agarrou a faca, cortou fora a cabeça da tartaruga e jogou-a de lado, apesar de as mandíbulas ainda estarem tentando abocanhar. Ele levantou o casco e entornou-o sobre a borda de um balde improvisado, o que provocou a vazão de um fluxo denso de sangue.

— Temos de bebê-lo enquanto ainda está quente — disse Salvador. — Se não bebermos, ele vai coagular rapidamente.

Salvador passou o balde para o *señor* Juan, que ergueu a mão em sinal de recusa. Depois ofereceu a Farsero, que também rejeitou. Salvador deu um gole e passou para Lucio, que o engoliu como se fosse um *milk-shake* de chocolate, com o sangue escorrendo pelos cantos da boca.

— Vampiro! — Jesús gritou, rindo de Lucio. — Deixe um pouco para mim.

Jesús jogou a cabeça para trás e bebeu o sangue da tartaruga. Ficou surpreso com a doçura. Passou o balde para Salvador, que o ofereceu novamente para o *señor* Juan e Farsero. Dessa vez, o *señor* Juan cheirou, fechou os olhos, deu um gole e engoliu. Imediatamente, deu um pulo e cuspiu para o lado. Depois começou a engasgar e logo estava vomitando na água.

Enquanto isso, Jesús foi cortando a tartaruga em pedaços, à medida que o sangue escorria da carne extremamente quente. Ele lavou a carne crua com a água do mar e deu-a para Salvador, que a trinchou como um peru do Dia de Ação de Graças. Eles devoraram cada bocado — intestinos, gordura e globos oculares. Sugaram o tutano gelatinoso dos ossos e rasparam o casco. Jesús, Lucio e Salvador apreciaram a sua refeição de carne crua e não conseguiam entender por que o *señor* Juan e Farsero não a comiam.

Passariam duas semanas antes que eles encontrassem alguma outra coisa para comer.

Aves, provavelmente atobás de pés azuis ou mascarados, pousavam às vezes na borda do barco e no compartimento da proa. Salvador sentava-se quieto, com a camisa nas mãos, e esperava como um tigre, pronto para se lançar sobre a presa. Tendo tido pouco contato com os seres humanos no meio da imensidão do oceano, as confiantes aves não eram páreo para ele. Num movimento tão rápido quanto um relâmpago, ele capturava o pássaro com a camisa, torcia-lhe o pescoço e, em seguida, anunciava que logo seria servido o café da manhã.

Jesús ficou tão impressionado com a habilidade de Salvador, que o apelidou de *"el gato"*. Depois de arrancar as penas, Jesús, Salvador e Lucio comiam tudo, com exceção dos ossos, inclusive a membrana entre os dedos do pássaro, semelhante à dos pés de um pato. Farsero e o *señor* Juan engasgaram com a carne crua de ave e desistiram de tentar comê-la.

No início de dezembro, os homens notaram que cracas haviam se fixado na parte externa do fundo do barco. As cracas continham pedaços de alimentos que atraíam as tartarugas e os peixes menores. E, naturalmente, os peixes menores atraíam os peixes maiores. A partir daí, a comida tornou-se abundante. Mas haveria pouca chuva até o final de fevereiro. Assim, os pescadores bebiam o sangue das tartarugas marinhas para se manter hidratados.

Eles cortavam fora a cabeça das tartarugas e bebiam diretamente do corpo do animal, como se fosse um cálice.

7. Almas Gêmeas

Eu estava trabalhando na televisão em Atlanta havia cerca de seis semanas, e já me sentia pronto para fazer a minha próxima grande jogada.

Comprei um anel de noivado com um diamante em formato oval. Carmen viria me visitar para procurar algum estágio, mas eu tinha um compromisso mais duradouro em mente. Compartilhei os meus planos com alguns colegas de trabalho, que pareciam ser bastante agradáveis e viriam a ser a minha família em Atlanta. Mas eles foram muito veementes quanto à venda de comerciais na TV. Certo dia, depois do trabalho, um desses colegas, que havia me colocado debaixo das suas asas, convidou-me para tomarmos um drinque.

— Esta não é uma ideia minha — ele disse, enquanto nos dirigíamos para o bar —, mas todo o pessoal do escritório me escolheu para lhe dizer que não achamos que você deva se casar. Você é muito jovem e é complicado conciliar este trabalho com o casamento. Além de ter uma jornada longa, há muita "diversão" pelo caminho.

Mas eles não conheciam Carmen. E não me conheciam realmente. Eu respondi-lhe que sabia o que estava fazendo e que eles deviam manter o nariz fora dos meus negócios. Carmen era a melhor coisa que já tinha acontecido comigo, e eu não precisava que me dissessem como viver a minha vida. Eu a amava e iria me casar com ela. Fim de conversa.

— Transmiti a mensagem — disse ele, encolhendo os ombros. — Vamos tomar um coquetel agora.

Imaginei que ele voltaria e diria aos nossos colegas que eu havia rejeitado o conselho. No entanto, pouco tempo depois, quando Carmen veio à cidade, todo o pessoal do escritório fez um grande esforço para ser gentil com ela.

Fui buscar Carmen no aeroporto e depois tentei encontrar o parque que havia procurado num mapa. Eu havia colocado uma cesta de piquenique no porta-malas, contendo vinho gelado e frango assado — e tudo o mais. Tentei permanecer calmo, mas, como estava tendo problemas para localizar o parque, logo fiquei com raiva.

— Está tudo bem — Carmen disse. — Podemos voltar para o seu apartamento.

— Não! — Eu respondi num tom de voz muito mais alto do que pretendia. — Isto tem que sair perfeito.

Muito sutil.

Ela percebeu de imediato. Finalmente, duas horas mais tarde, encontrei o parque e tiramos da cesta um vinho quente, um frango frio e uma caixinha de joias.

— Você quer se casar comigo?

— Sim.

Faltava 1,4 segundo para acabar o jogo. Cesta.

A mãe dela nos ajudou com todos os preparativos para o casamento, enquanto o seu pai cuidou das bebidas que seriam servidas. Ganhamos alguns presentes muito bacanas (inclusive um par de tênis All Star de cano alto e uma calçadeira) e fomos para o México em nossa lua de mel, onde fiquei doente e sofri como um cão. Voltamos diretamente para uma casa em um condomínio novo em folha, com mobília nova e dois carros novos. Eu tinha um ótimo emprego na TV e Carmen conseguiu o trabalho dos seus sonhos — comissária de bordo.

Ela estava com 22 anos e eu, com 23, e, bem, não tínhamos a menor ideia das realidades da vida. Éramos de uma cidade pequena, tínhamos frequentado uma escola de cidade pequena. Não sabíamos nada sobre nada. A maioria dos homens da minha família tinha se casado assim que se formara no curso secundário, portanto achei que eu havia até mesmo dado um tempo.

Os negócios na TV eram divertidos e tinham um ritmo rápido. O pessoal era dinâmico e adorava experiências excitantes. Não demorou muito para que o pessoal começasse a se reunir para beber. *É o seu aniversário? Bem, vamos tomar alguns drinques... Você foi promovido? Isso merece uma bebida... Foi demitido? Bebida... É quarta-feira? Está grávida? Bebidas!*

Como participante ativo em toda essa diversão, eu não perdia a oportunidade de tomar parte na mais recente comemoração. Eu me lembro de pensar: *Essas pessoas têm um problema.* Mal sabia que logo eu seria uma "dessas pessoas".

Trabalhei durante dois anos nesse meu primeiro emprego na televisão antes de outra empresa de TV, a Tribune Broadcasting, proprietária da WGN e do clube de beisebol Chicago Cubs, oferecer-me o dobro do salário para ir trabalhar com ela. Agarrei a oportunidade. Eu era fã do Cubs. Dois anos mais tarde, o estúdio se ofereceu para dobrar o meu salário, e assim dei outro salto.

Eu não tinha realmente nenhuma percepção sobre o que me guiava. Nunca desenvolvera qualquer tipo de habilidades de tomada de decisões, já que a maioria das minhas decisões era baseada na vergonha e no medo. Em geral, as minhas decisões diziam para eu fugir de algo na vida que fosse doloroso, ou para correr em direção a algo que me oferecesse validação. Em todas essas situações, eu estava perseguindo o sucesso mundano — as negociações, as promoções e o dinheiro — porque ele me dava um sentido de valor.

Carmen me amava e apoiava as mudanças na minha carreira, embora ela também visse com que frequência eu era bem-intencionado, mas extremamente equivocado. Ela tinha suas próprias ambições, porém engavetou-as por minha causa. Ao contrário de mim, ela não precisava realmente ter um trabalho para sentir-se bem consigo mesma, para conhecer o próprio valor e significado.

Eu persuadi Carmen a desistir do seu emprego, e fomos para o oeste. Nós nos mudamos para Los Angeles, onde estava a sede da empresa. Moramos num pequeno bangalô, num vale próximo ao estúdio.

Eu estava em viagem, vendendo a série de TV *227*. Quando me registrei num hotel em Colorado Springs, o carregador abriu a porta do meu quarto e reparei que havia na cama um ursinho de pelúcia com uma fita que estava amarrada a dois balões cheios com hélio — um rosa e outro azul. *Que presente fofo para os hóspedes*, pensei. *Pena que eu não tenha filhos.*

Fui até a cama e li o cartão: "Estamos entre o rosa... e... o azul. Te amo, Carmen."

Não entendi. Virei-me para o carregador para lhe dar a gorjeta, e então percebi do que se tratava. Li de novo o cartão.

— Oh, meu Deus! Vou ser pai! — Exclamei para o carregador. Ele não se moveu.

— Onde quer que coloque a sua mala?

Liguei para Carmen e nós dois gritamos de alegria. Depois desci até o bar do hotel, ouvi um pouco de *ragtime* na pianola, bebi cerveja numa caneca gigante e, por fim, me acalmei o suficiente para cair no sono.

⌒⟋⟍

Estávamos em Los Angeles havia cerca de dois anos e constatamos que não existia nada melhor que o ambiente da parte central dos Estados Unidos onde tínhamos crescido e onde queríamos criar os nossos filhos. Quando descobri que todos os grandes estúdios possuíam um escritório em Dallas, menos o nosso, organizei uma apresentação para o meu chefe a fim de lhe mostrar por que também precisávamos de uma filial naquela cidade. Afinal, eu estava viajando para Dallas toda semana, por isso fazia muito sentido morar lá.

Aconteceu de Carmen ter uma consulta médica no dia da minha apresentação. Levantei cedo, fui para o escritório e ensaiei, depois me reuni com o meu chefe.

Carmen me ligou mais tarde, naquela manhã, para me dizer que já estava pronta para ir ao médico. Olhei para o meu relógio.

— Querida, a consulta é só daqui a duas horas — eu disse.

— Precisamos ir agora.

— Daqui a duas horas, o trânsito não vai estar tão ruim — expliquei.

— Eu preciso ir agora.

— Mas...

— Joe, você precisa voltar para casa agora!

— O quê? Não! Você está... Já começou?

— Apenas venha me pegar o mais cedo possível — Carmen disse calmamente.

Corri para casa e encontrei-a sentada na cozinha, no escuro, com a mala próxima à porta dos fundos, e, ao seu lado, a nossa cadela, Ginger, uma excêntrica dálmata com pintas marrons. Quando saímos naquele dia, Ginger não fazia a mínima ideia de que, depois da nossa volta, ela já não seria mais o nosso bebê. Seria apenas o nosso cãozinho de estimação.

— Como foi a sua apresentação? — Carmen perguntou.

— O quê?... Boa, eu acho... Onde está a sua mala?

— Está aqui — ela disse, apontando-a.

— Devemos ir direto para a sala de emergência? Devo chamar uma ambulância? — A minha cabeça estava girando e as contrações de Carmen estavam surgindo regularmente, com alguns minutos de intervalo.

— Eu já entrei em contato com o consultório médico — respondeu ela. — Disseram para ir primeiro até lá. — Ela falou que, desde as quatro horas da manhã, as suas contrações estavam bastante regulares.

— Por que você não me disse esta manhã? — Resmunguei.

— Não queria que você ficasse preocupado antes da sua apresentação — ela respondeu.

Eu já tinha me esquecido dela. (Nota importante sobre casamento: *Esposa em trabalho de parto supera apresentação.*)

Em tempo recorde, fizemos a viagem até o consultório, perto do Centro Médico Cedars-Sinai, e então nos ofereceram um quarto particular de trabalho de parto que era mais agradável que a nossa casa: assoalho de madeira, TV com videocassete, banheiro privativo. O símbolo de Hollywood era visível da nossa janela. Naquela época, o plano de saúde pagava o melhor e reembolsava 100%. *Dava para passar as férias ali*, eu me lembro de ter pensado.

As dores de parto de Carmen começaram a vir com mais frequência, e eu a ajudava de acordo com o que havia sido ensinado nas aulas do Método Lamaze. Ela estava determinada a não tomar nenhuma droga, por isso trabalhava arduamente durante cada contração. Então, de repente, o trabalho parou de evoluir. O médico nos disse para caminharmos pelo andar do hospital para ajudar o recomeço das contrações; Carmen foi ligada a um suporte para soro com rodas e saímos do quarto.

Quando paramos para descansar, entrei na sala dos visitantes e avistei o ator Abe Vigoda, que interpretou o papel de Tessio em *O Poderoso Chefão*. Recentemente, eu havia vendido a série de TV *Barney Miller*, em que ele atuava — 170 episódios. Vigoda estava sentado no sofá, olhando para o chão, sozinho na ala da maternidade do Cedars-Sinai.

Só em Los Angeles!

Ganhamos uma linda menininha.

E eu não era a única pessoa que pensava assim. Certo dia, Carmen e a nossa fofinha foram almoçar na lanchonete nas dependências do estúdio. Nós estávamos na fila para pagar quando a nossa filha virou a cabecinha e espiou por sobre o ombro de Carmen. O presidente da divisão de televisão deslizou para o lugar atrás de nós.

— Ela é o bebê mais lindo que eu já vi — disse ele.

Você ouviu isso? Ele disse que nós temos o bebê mais bonito que ele já viu! Isso era a confirmação de um trabalho bem feito! Por incrível que pareça, eu tinha atingido o altíssimo padrão de aprovação de Hollywood, na produção de bebês.

Três semanas mais tarde, o estúdio deu o "sim" para o meu plano de um escritório em Dallas. A minha apresentação havia funcionado. Agarrei a oportunidade de sair da linha de fogo da sede do estúdio, e embarcamos num avião naquela tarde. Impossível sair mais rápido de Los Angeles.

Eu estava em estado de êxtase, mas por algumas razões erradas. Tinha uma linda filhinha, uma bela mulher, um emprego que outros dariam a vida para ter, e todos os divertimentos e vantagens que acompanham uma existência de privilégios. A vida era boa e vivíamos em grande estilo.

Exteriormente, parecia que tínhamos vencido, mas eu estava apenas no começo da minha autoilusão. De fato, eu amava verdadeiramente a minha esposa, e a minha filha era o meu orgulho e alegria. Não havia dúvidas quanto a isso. Mas, em outro sentido, elas também eram símbolos do sucesso que incluí na pintura virtual que eu gostaria de emoldurar e pendurar sobre o sofá, e depois me certificar de que todo mundo pudesse vê-la. Eu possuía tanta coisa, contudo ambicionava ter mais. No fundo, não me sentia satisfeito. Assim como estava muito feliz com Carmen e com a minha filha, também me sentia vazio por dentro devido a outras coisas. Outras coisas esperadas e não realizadas.

Continuava à procura de mais. *Mais do quê?* Realmente, não sabia. Algo. Não dava para apontar um dedo para ele, mas parecia que estava logo ali, na virada da esquina. Algo para preencher o vazio dentro de mim. Quando não o encontrava no dia seguinte ou na semana seguinte ou no negócio seguinte ou na promoção seguinte, eu preenchia esse vazio com as coisas materiais, inclusive alguns barris do melhor uísque escocês de cevada, que ajudava a amortecer a dor interna. Os longos voos na primeira classe eram a sala de terapia.

Nós nos instalamos em um agradável bairro de Dallas, chamado Preston Hollow, com ruas arborizadas, famílias jovens e muita grama para eu cortar. Comprei uma casa, que precisava de reforma e ficava a duas quadras da casa do filho do presidente George H. W. Bush, abri um escritório para a empresa a poucos quarteirões de distância e comecei a me apaixonar pelo grande estado do Texas.

Vivendo em Dallas, eu fazia voos mais curtos, mas ainda consumia a mesma quantidade de bebida alcoólica, ou mesmo mais, só que em períodos menores de tempo. Eu me perguntava: *Durante quanto tempo vou conseguir manter esta situação?*

Carmen acabou se dedicando à maternidade em tempo integral, complementada com outra preciosa menininha. Ela reuniu os novos vizinhos em torno de um antigo parque que precisava de conservação, enquanto eu estabelecia a presença do estúdio na região. Dava para eu fazer viagens de ida e volta num mesmo dia para a maioria dos mercados daquela área, e conseguia passar mais tempo em casa com as minhas filhas. Comecei a ser apresentado como o marido de Carmen e bem que podia permanecer razoavelmente anônimo — fora dos limites do microscópio do escritório central. Até cheguei perto de fazer alguns amigos por minha própria conta. Exatamente do outro lado da rua do *campus* da Southern Methodist University havia uma organização católica ligada ao *campus*, e começamos a comparecer regularmente aos serviços.

Um padre jovem chamou a minha atenção porque, durante as suas homilias, eu me sentia como se ele falasse diretamente para mim. Isso despertou a minha curiosidade, portanto me inscrevi para as aulas de educação para adultos e decidi ingressar na Igreja Católica. Parecia ser um passo lógico a ser dado. Eu chegava a pegar um voo de volta à cidade só para assistir às aulas de terça-feira à noite. Lembro-me de ter sentido, uma vez ou outra, uma vaga ligação com Deus. Essa ligação vinha em algum momento em que eu olhava uma das crianças dormindo, ou em que via algo belo na natureza (isso quando eu fazia uma pausa de trinta segundos para observar a natureza), mas daí eu a afastava de mim, com um *Não, não é possível que esse sentimento tenha alguma ligação com Deus. Por que Ele ia querer ter alguma coisa a ver comigo? Eu não mereço a Sua atenção, de modo algum...*

Era como se o fato de ticar o item "ir à igreja" na lista de tarefas me ajudasse a preencher o vazio que havia dentro de mim. Nós frequentamos a igreja regularmente, mas, quando aquele padre saiu de lá, já não era mais a mesma coisa. Ele foi transferido para Roma, e assim o meu interesse logo desapareceu. Basicamente, o meu pensamento era: *Bom, eu tentei, mas não funcionou.* Continuei frequentando. Ainda ia à missa quase todo fim de semana, mas era apenas como se estivesse ticando outro item da lista de tarefas.

Outra boa oportunidade na carreira surgiu, então voltamos para Atlanta e nos instalamos lá pela segunda vez. Compramos uma casa maior. Investi numa nova Harley-Davidson e num *home theater*.

A minha necessidade de aprovação continuava a mostrar a sua feia cara, em geral quando o meu pai vinha nos visitar. Numa dessas ocasiões, nós dois estávamos sentados na sala de estar, sem falar, o que era o nosso modo habitual de comunicação.

Dessa vez, ele perguntou algo inesperadamente:

— Quanto você ganha?

Respondi que esse era um assunto pessoal, e eu preferia não dizer.

— Quanto? — Ele insistiu.

— Na verdade, não sei a quantia exata — eu disse. — É bastante.

— Quanto é esse bastante?

— Eu não quero realmente falar sobre isso. É embaraçoso.

— Quanto?

Ali estávamos nós, sentados numa casa muito agradável, com o meu Porsche 911 Cabriolet estacionado na entrada de carros. As minhas filhas estudavam numa escola particular e gastávamos dinheiro como se ele crescesse numa das árvores do nosso jardim primorosamente cuidado.

— Quanto? — Ele perguntou de novo.

— Com os bônus, o auxílio automóvel, a participação nos lucros e os benefícios, nosso rendimento é... — eu cochichei um valor em seu ouvido. Era um valor muito elevado.

Ele fez uma pausa e então disse:

— Pensei que era bem mais do que isso.

Essa resposta veio como um punhal que atravessou o meu coração. Ele invalidou a minha existência inteira em oito palavras.

O que eu precisava fazer para ganhar a sua aprovação? Eu estava com quase 40 anos. Tinha conseguido ser mais bem-sucedido do que qualquer um na história da minha família. Eu havia feito mais, realizado mais e adquirido mais do que jamais sonhara ser possível. Mas ainda estava desesperado para que ele sentisse orgulho de mim. Depois desse incidente, todas as vendas que fiz, o dinheiro, as promoções, as mansões, os passatempos — todos os divertimentos que eu havia usado para afastar a dor —, de repente, pararam de funcionar.

Para que serve tudo isso se ele nunca vai reconhecer todo o meu trabalho árduo? Senti-me como uma pequena partícula no horizonte dele.

O que seria necessário para que ele realmente visse... *a mim?*

8. Vida e Morte

Ar, comida e água. Os mais simples elementos da sobrevivência. Uma abundância de cada um desses elementos cercava os cinco homens. Mas o fato de ser chamada de "água" não a torna potável. Ser chamada de "comida" não significa que todo mundo vai comê-la. A busca pelos elementos de sobrevivência corretos significava escolher o que funcionava para cada um dos homens. Alguns dias ofereciam chuva suficiente apenas para um gole que umedecia a língua.

Jesús e Lucio usaram o que restou das ferramentas para desmontar o motor de popa. Recuperaram vários cabos, algumas molas de aço de três centímetros do carburador e um eixo de transmissão com 90 centímetros de comprimento. Lucio torceu as molas, formando anzóis, e utilizou os cabos como linhas de pesca. Salvador se esforçou para fabricar um arpão, afiando uma das extremidades do eixo de transmissão com a pedra de amolar, o que levou vários dias. Quando ele se cansava e suas mãos estavam quase em carne viva, Lucio assumia. Salvador também arrancou um trecho de meio metro da moldura de madeira na parte superior de uma das divisórias do barco para fazer uma estaca e, usando a sua faca, esculpiu uma ponta afiada numa das extremidades. Jesús lançou a linha de pesca na água sem nenhuma isca.

Depois de dois dias, ela ainda não havia sido mordida.

No início de dezembro, Salvador observava em pé, procurando barcos, quando um pequeno peixe nadou em direção a eles. Ele estava a postos com o arpão feito com o eixo de transmissão, que tinha um pequeno pedaço de fio de náilon atado a ele para que Salvador pudesse puxá-lo de volta depois de atirá-lo num peixe. Salvador jogou o arpão e errou. Ele pensava que tinha amarrado firmemente o fio de náilon, mas o arpão escorregou através do nó e desapareceu na escuridão do oceano. Ele gritou consigo mesmo por conta da frustração.

No dia seguinte, um pequeno peixe voou para dentro da barriga do barco. Salvador fatiou-o em cinco postas, do comprimento de um dedo, e entregou-as para cada um dos homens. Jesús, Lucio e Salvador devoraram suas cotas, como se fossem um grosso filé de primeira qualidade. O *señor* Juan tentou engolir o seu pedaço, mas ele voltou, provocando-lhe uma crise de falta de ar, que produziu bile e sangue. Ele vinha enfraquecendo cada vez mais durante os últimos dois dias. Apenas uma semana antes, havia ficado em pé no barco, exibido os bíceps e declarado "Eu sou forte!".

De acordo com o relógio do Lucio, era 12 de dezembro, dia da festa de Nossa Senhora de Guadalupe, padroeira das Américas, quando outra tartaruga marinha se aproximou do barco e Salvador foi para a borda a fim de capturá-la. Lucio encarou isso como um sinal de que Deus ainda estava com eles. Segundo a tradição, esse era um dia para se refletir sobre as questões da fé e pedir a Deus uma maior compreensão. Os homens desfrutaram de seu banquete de tartaruga e decidiram manter um controle de todas que caçassem, riscando marcas no barco com um prego. Lucio removeu a tampa do motor e colocou-a em cima do compartimento da proa para ser usada como um fogão para secar e cozinhar a carne ao sol. As cracas continuavam a se fixar na parte inferior do casco, atraindo mais peixes. Inclusive tubarões.

Os homens usavam como isca qualquer carne que sobrasse das tartarugas.

Quase seis semanas haviam passado desde que começara a sua provação.

⌒⟋⟋⟋⟋⟍

Em torno de 17 de dezembro, desabou outra tempestade, ainda mais violenta do que a que tinha carregado a rede de pesca. O *panga* foi erguido até a crista das ondas enormes e depois lançado para baixo com uma força inacreditável, na direção de uma depressão formada por espuma e escuridão. Perderam-se peças do motor, os anzóis, algumas das linhas de pesca e a tampa do motor. No meio da fúria da tempestade, o *señor* Juan sentou-se na borda do barco, com as pernas penduradas para fora.

— Você quer morrer? — Jesús gritou para ele.

O *señor* Juan ignorou-o.

— Você está irritando o oceano! — disse Jesús. — Pare com isso!

Ao longo dos dias seguintes, o *señor* Juan começou a ter delírios, e Salvador rezava por ele. Farsero, na maior parte do tempo, sentava-se sozinho e chorava. Os ouvidos de Lucio começaram a sangrar por causa de uma infecção. O *señor* Juan e Lucio enrolavam-se nos cobertores e se abrigavam sob a cobertura da proa, enquanto Salvador rezava e lia a sua Bíblia. Em algumas ocasiões, ele tentou incentivar os outros a lerem-na também. Até aquele momento, tinham comida; tinham hidratação, proveniente do sangue das tartarugas; e tinham água, procedente das chuvas irregulares.

Na época do Natal, os pescadores estavam a 1.600 quilômetros de distância de San Blas.

⌒⟋⟋⟋⟋⟍

De volta para casa, a avó de Lucio, Panchita, arrumou a mesa e reservou um lugar para o neto. Ela passara a reservar-lhe um lugar na mesa de jantar desde o dia em que ele tinha sido considerado desaparecido. Para que ele regressasse em segurança, ela rezava duas vezes por dia diante da imagem da Virgem Maria, que era o ponto focal do seu altar caseiro. Todos os dias, lia a reza da terça-feira no seu gasto livro de oração, já que a última vez em que ela vira Lucio tinha sido numa terça-feira:

Ó Senhor Deus onipotente, eu Vos suplico, pelo precioso sangue de Vosso divino Filho Jesus que foi derramado em Sua doloro-sa coroação com espinhos, que liberte as almas do Purgatório e, dentre todas elas, particularmente aquela alma que tem maior necessidade de nossas orações, de modo que ela não se demore em Vos louvar em Vossa glória e em Vos dar graças para sempre. Amém.[1]

Contra a sua vontade, alguns membros da família organizaram um serviço fúnebre para Lucio, do qual ela se recusou a participar.

— Ele está vivo — ela continuava a insistir. — Eu sei. Minha mãe me disse em uma visão. — Panchita jurava que sua mãe, que tinha morrido havia vários anos, muitas vezes lhe falava em sonhos. — Ela veio até mim e me disse que ele está no mar com os outros homens. Eu perguntei a ela quando poderia tê-lo de volta, e ela me disse que "Ainda não, mas em breve".

Lucio estava com sangramento nos ouvidos há oito dias. Salvador disse-lhe que ele devia orar a Deus e pedir a cura. Exausto, Lucio finalmente cedeu e começou a rezar.

Agora, o *señor* Juan ficava com a mente confusa na maior parte do tempo, e Salvador apelava para que ele comesse alguma coisa.

— Juanito, você não vai conseguir sobreviver se não comer — ele dizia. — Fale para mim o que você quer, que vou pescar e secar ao sol para você.

— Eu tenho todos os melhores cereais na minha casa — disse o *señor* Juan, olhando fixo para a água.

— Não estamos em casa, Juanito. Se não comer, você morre.

— Não consigo comer — respondeu o *señor* Juan. — É repulsivo, e só vai me fazer vomitar de novo. — O seu humor se tornou sombrio. — Eu realmente atrapalhei tudo, não foi? Coloquei todos nós em apuros.

— Tudo bem — respondeu Salvador. — Mas você tem que comer.

— Vou levar dois pares de sandálias — o *señor* Juan gritou para ninguém em particular. — Um par para mim e um para a minha mãe.

Salvador recuou discretamente, deixando o seu companheiro sozinho com seus delírios.

Durante os dez dias seguintes, o estado do *señor* Juan deteriorou-se rapidamente. Salvador e Jesús tentaram deixá-lo o mais confortável possível, enxaguando a sua boca, lavando o seu rosto, cuidando do seu asseio. Quando não estava gritando ou resmungando frases bizarras, o *señor* Juan gemia de agonia. Finalmente, os olhos se reviraram e a língua pendeu para fora da boca.

Salvador estava pescando quando ouviu o *señor* Juan dar um grito.

— O que é, *hermano*? — Salvador perguntou, aproximando-se. O *señor* Juan não respondeu. A comoção acordou Jesús.

— Ele está vivo?

— Não — Salvador disse suavemente. — Ele está morto.

A morte chegou sem qualquer anúncio e sem qualquer permissão. Ela levou o *señor* Juan e deixou um lembrete de que aquilo não era nenhum sonho e que, por vezes, a esperança de voltar para casa, ao encontro daqueles que você ama, também morre. Às vezes, as pessoas saem pela porta de casa pela última vez. O *señor* Juan tinha saído para alguns dias de pescaria. E nunca mais ia voltar.

Jesús começou a chorar. A perspectiva da morte era agora uma realidade pessoal para cada um dos sobreviventes. Os homens despiram o *señor* Juan e o lavaram. Horas mais tarde, o corpo enrijeceu por conta do *rigor mortis*. Eles decidiram manter o corpo no barco por alguns dias, na esperança de serem resgatados e poderem fazer um enterro apropriado.

As condições no meio do oceano Pacífico podem reduzir um cadáver a ossos em nove dias, segundo dizem os especialistas. Sem o oxigênio fluindo através do corpo, os tecidos e células se deterioram, liberando fluidos e gases que criam pressão dentro do corpo e fazem com que ele inche, à medida que os fluidos se movimentam nas cavidades corporais. Em poucos dias, os fluidos e gases vazam e o corpo entra em colapso; a pele desenvolve uma consistência cremosa, começa a ficar preta e cheira a putrefação.

Três dias depois da morte do *señor* Juan, os homens foram vencidos pelo mau cheiro e precisaram jogar o corpo ao mar. Farsero sentou-se sozinho, chorando, enquanto os outros erguiam o corpo para o tampo do compartimento da proa. Salvador colocou um rosário em torno do pescoço do *señor* Juan. Então recitou sete orações antes de jogarem o corpo ao mar. Ao fazerem, um pedaço de pele do cadáver ficou na mão do Lucio. Ele estremeceu e jogou-o na água, e então eles observaram o corpo flutuar para longe.

9. Perdido

A CONVERSA HUMILHANTE e a negação de afeto e aprovação, que foram usadas para controlar o meu comportamento na infância, estavam agora exaurindo a minha vida de adulto.

No trabalho, eu possuía autoridade devido à minha posição. Tinha o meu cargo assegurado. Tinha um título. Ainda que precisasse trabalhar como um louco para manter tudo que conseguira. Se diminuísse o ritmo, eu me tornaria um fracasso. Palavras ouvidas na infância voltaram a me castigar: "Você não é bom o suficiente para fazer isso", "Provavelmente, você vai arruinar isso também", "Você nunca vai conseguir coisa alguma". Embora estivesse me matando para manter o ritmo da minha vida, era impossível reduzi-lo. Eu simplesmente não toleraria o fracasso em mim.

Ironicamente, apesar de tudo que possuía, eu me sentia impotente.

Havia muita coisa que eu não sabia que não sabia. A pessoa que está mais próxima de nós — ou seja, nós mesmos — é a mais difícil de ser vista. A negação é poderosa, e ela impede que a gente se olhe no espelho. Naquela época, ninguém nunca me disse que eu estava perdido na vida. Eu não me conhecia o suficiente para ser capaz de verbalizar esse fato. Embora eu tivesse uma sensação inquietante de que não possuía capacidade para continuar levando a vida louca que havia criado. Eu percebia que algumas coisas dentro de mim não iam bem e que eu estava à deriva.

Se alguém percebesse essa minha falta de autoconfiança, eu acreditava que seria o início da queda de tudo. Eu precisava manter a grande ilusão. Portanto, continuei sentado na cadeira do convés do Titanic e a ouvir a música. Agia como se tudo estivesse bem, tranquilo, melhor do que nunca. E jamais falei a alguém sobre as minhas dúvidas, sobre as brechas na minha certeza. Nem mesmo a Carmen.

Como poderia deixar alguém saber que eu estava caindo aos pedaços? O que pensariam de mim? O que Carmen pensaria de mim?

O estresse começou a cobrar o seu tributo físico. Eu estava sentindo a respiração mais curta e um aumento da frequência cardíaca. Mas o meu médico acreditava que as causas desses sintomas eram mais psicológicas do que físicas. Ele sugeriu que eu devia estar sofrendo de transtorno de ansiedade generalizada. Sempre que eu ficava sob pressão, o meu corpo liberava enormes quantidades de adrenalina, o que fazia aumentar as frequências respiratória e cardíaca; uma clássica reação de "luta ou fuga".

A boa notícia, ele disse, era que havia tratamento. A má notícia era que eu sempre ficava sob pressão. A ansiedade fazia parte da descrição do meu trabalho. A minha empresa exigia desempenho, não importa o que acontecesse.

Saí do consultório médico com uma receita de Xanax nas mãos. Comprei imediatamente o remédio e tomei um. Ele ajudou, por isso tomei mais.

Eu precisava tomar um avião para Dallas para concluir um negócio no qual um colega estava trabalhando quando sofreu um acidente vascular cerebral. Depois de alguns dias, liguei para o médico para lhe dizer que estava sem o remédio e que a dosagem havia reduzido muito pouco os sintomas.

Ele ficou horrorizado. Tinha receitado a quantidade para um mês, suficiente para aplacar o sofrimento de uma viúva durante o funeral do marido e além. A minha receita não durou nem mesmo o tempo de eu sair do Texas.

A dor que eu sentia no fundo de mim era real. Era uma dor física relacionada a um espancamento que ninguém merece. Era uma dor emocional relacionada ao abuso verbal e a palavras humilhantes, usadas para controlar. Era toda a dor sobre a qual nada nunca foi dito. Nunca foi tratada.

Na verdade, eu começara a me medicar muito jovem. Usei a minha imaginação para escapar da gravidade da minha situação. A partir do momento em que um fator químico (cerveja) foi introduzido, ele tornou a minha fuga muito mais rápida e mais fácil. Foi quase instantânea. Por fim, usei uma fuga física também. Eu "fugi", literalmente, dos locais que me causaram tanta dor.

Agora, eis a descoberta de um produto químico que intensificava o alívio da dor. Não deixava ressaca e era prescrito por um profissional habilitado. Era como ganhar na loteria!

Mas onde essa história ia acabar?

Por volta dessa época, fui até Iowa me encontrar com o meu amigo de faculdade Pee-Wee para um final de semana de golfe. Já no percurso do campo, ele me disse casualmente que uns dois meses antes ficara tão deprimido que tinha pensado em comprar um revólver numa casa de penhores. Disse que agora estava tomando Prozac, que o estava ajudando. Esse cara era uma das pessoas mais felizes e divertidas na face da Terra. E estava tomando Prozac? Isso soava como uma piada de mau gosto.

Na sala VIP do aeroporto, antes de embarcar no meu voo de volta para Atlanta, eu surfei na Web em busca de informações sobre a depressão. Um *site* oferecia um questionário com dez perguntas. Eu respondi "sim" para todas elas.

Correndo o risco de parecer um desses sujeitos carentes que costumam fazer autodiagnóstico e com tempo livre de sobra, eu abordei esse assunto com o meu médico quando voltei para casa. Contei-lhe sobre o caso do meu amigo e como eu havia gabaritado o questionário sobre a depressão. Ele levou isso a sério e prescreveu um antidepressivo para acompanhar a medicação para a ansiedade.

Esse se tornou um ano difícil.

A depressão estava comendo o melhor de mim, e a ansiedade mastigava as sobras. Tentei simultaneamente uma longa lista de antidepressivos: Celexa, BuSpar, Effexor, Zoloft, Paxil, Lexapro, Wellbutrin e trazodona. E como o fato de estar sempre suando, instável e paranoico não bastasse, eu tinha a boca seca, diarreia, insônia — praticamente todos os efeitos colaterais que a voz em *off* recitava rapidamente no final dos comerciais de medicamentos na TV.

Na minha visita seguinte ao médico, eu lancei uma ideia.

— Acho que preciso parar de beber — eu disse.

— Por que você diz isso?

— Bem, eu tenho observado que sempre que bebo álcool junto com a minha medicação, eu caio muito.

A minha débil tentativa de fazer humor não conseguiu convencer o médico — nem a mim — de que eu estava bem. O fato era que, num típico sábado, eu me levantava, abria uma cerveja por volta das 10h e continuava a beber até ir para a cama à noite.

Concordamos que eu devia cortar a bebida, e saí com uma receita para combater os efeitos do álcool, apenas para o caso de eu não conseguir parar por mim mesmo, o que aconteceu: não consegui. (Parar de beber acabou sendo muito mais difícil do que apenas decidir parar.) O meu médico também me pôs em contato com um psiquiatra local que recomendava um programa de 12 passos. A minha vida estava se tornando um filme feito para a televisão. Concordei em ir.

Durante um tempo, eu apenas me sentava e ouvia, à medida que as reuniões se transformavam em outra boia que me mantinha à tona. Compareci a noventa reuniões dos Alcoólicos Anônimos em noventa dias. Desde então, não bebi nem mais uma gota.

Naquele momento, abandonar o álcool parecia ser a resposta a todos os meus problemas.

A vida no estúdio estava ficando pior. Na questão profissional, eu vinha numa espiral descendente, e não importava quão arduamente tentasse, não conseguia me recuperar. Depois de quatorze anos no trabalho, eu estava sendo tratado como um estagiário; comecei então a me recolher e ficar na defensiva.

Eu não conseguia ter um bom desempenho. As pessoas notaram. Parecia que todo mundo estava esperando que eu fizesse uma grande besteira. Eu era humilhado, mas permanecia desafiador, apesar dos conselhos que me deram de passar despercebido e esperar a tempestade ir embora. Provavelmente, algumas pessoas estavam tentando me ajudar por baixo do pano, mas, se isso acontecia, eu não cheguei a percebê-las.

Poucos meses depois fui sumariamente demitido. Foram necessários quase quinze anos para eu escalar essa escada, e um milésimo de segundo para vir abaixo.

Estranhamente, eu me senti aliviado. Pelo menos, não precisava mais fingir. Planejei ficar algum tempo parado, mas, antes que eu pudesse pôr os pés para cima, um amigo telefonou com uma ideia que despertou o meu interesse. Ele tinha um sócio nos negócios, que fundara uma empresa na internet no final dos anos 1990 e era não só um bilionário, mas um ótimo sujeito. Ele possuía uma participação numa pequena empresa chamada HowStuffWorks, uma enciclopédia *online* de um tipo diferente. Ele imaginava um programa de televisão baseado nesse conceito, com um ângulo inovador de entretenimento, e o meu amigo pensou que eu era o cara que faria isso acontecer.

Sem nem mesmo pensar, pulei a bordo no início da primavera de 2002 e, por fim, fui convidado a dirigir a empresa, que estava perdendo dinheiro nesse momento. Eu viajava todas as semanas para a sua sede em Cary, na Carolina do Norte, e continuava a frequentar as reuniões do AA. As coisas iam bem, mas não muito. Era bom ter os medicamentos. Eles estavam ajudando.

Eu havia parado de beber, mas comecei a fumar e me viciei imediatamente. Eu tinha capacidade de ajudar a HowStuffWorks a parar de perder dinheiro e passar a equilibrar as contas, embora soubesse que isso provavelmente aconteceria de qualquer maneira, pois a enciclopédia tinha um ótimo conteúdo.

Eu estava lá havia cerca de dois anos quando comecei a ficar paralisado, e a empresa fez o mesmo. Eu não conseguia me focar novamente, não conseguia me lembrar das coisas. A minha ansiedade voltou com ímpeto, e a depressão fez o mesmo.

O meu médico aumentou a dosagem dos dois medicamentos, o que parecia ser tudo contra o qual eu tinha de lutar.

Perto de Natal desse ano, eu almoçava com alguns amigos quando recebi um telefonema de Carmen. A empresa de segurança que monitorava a nossa casa havia feito uma ligação para ela. Algo acionara o alarme de incêndio na garagem e o corpo de bombeiros havia sido chamado. Eu não dei importância a isso e pedi-lhe para me ligar de novo caso houvesse um incêndio real.

Houve, e ela ligou.

Assim que dobrei a esquina da minha rua, vi vários carros de bombeiros diante da casa e rolos de fumaça negra saindo das janelas do segundo andar da garagem. Alguns dos bombeiros enrolavam as mangueiras; eles já haviam apagado as chamas. Carmen estava em pé no gramado da frente, conversando com o chefe do batalhão sobre o que poderia ter causado o incêndio. Aparentemente, a nossa empregada doméstica despejara as cinzas da lareira numa lata de lixo na garagem, sem perceber que as brasas ainda estavam acesas. A garagem inteira e o sótão, que ficava acima dela, foram destruídos.

Por alguns minutos ouvi atentamente o que o bombeiro dizia, depois olhei para a confusão na minha frente e... decidi cortar a grama.

Agora, não estou bem certo porque fiz isso. Certa vez, um sábio disse-me que a razão pela qual alguns homens gostam de cortar a grama é porque essa atividade requer pouca habilidade mental e traz um sentimento imediato de realização. Basta você alinhar a roda com a borda do trecho que acabou de cortar, e ir em frente. Quando terminar, pode se sentar na varanda, abrir uma cerveja e admirar o seu trabalho. Sem ninguém gritando com você. Praticamente, à prova de tolices. Talvez fosse isso. A minha vida estava fora de controle, a minha casa estava se incendiando e eu era um incapaz. A única coisa que tinha condições de fazer era cortar a grama. Eu conseguia controlar e dominar a grama.

Com a nossa casa inabitável, insisti para nos hospedarmos no Ritz-Carlton para passar os feriados. Carmen se ocupou com a faxina pós-incêndio, e eu agi como se nada de errado tivesse acontecido. Não prestei nenhuma ajuda a ela porque, francamente, gostava de viver no Ritz. Era uma maneira luxuosa de apagar a realidade; era um Xanax em tamanho gigante, com serviço de quarto completo e edredons aconchegantes, no estilo europeu.

Apesar das acomodações suntuosas, eu precisava de mais coisas para poder lutar contra a realidade. Eu tomava qualquer pílula que chegasse às minhas mãos e me degradava mais a cada dia que passava.

Algumas semanas depois decidi fazer uma viagem ao sul do Texas para visitar o meu pai; uma viagem que, na minha imaginação, continha uma promessa de mudança, talvez até mesmo um grande avanço no nosso relacionamento. Eu lhe disse que estava indo para jogar golfe e tomar um pouco de sol. Mas eu ia porque queria respostas. A minha depressão era hereditária? Certa vez, eu ouvira o meu pai mencionar algo sobre estar deprimido. Qual a intensidade dessa depressão? Era algo contra o qual todos os homens da família lutavam? Eu precisava saber. Estava desesperado.

Dirigi-me para Brownsville, onde o meu pai costumava passar os meses de inverno. Na primeira noite, atravessamos a fronteira e jantamos no México. Depois de terminarmos de comer, respirei fundo e então confessei ao meu pai que estava sofrendo de depressão e perguntei-lhe como ele conseguira lidar com ela muitos anos atrás.

— Eu nunca tive problemas com esse tipo de coisa — ele disse, olhando-me diretamente nos olhos. — Eu também passei pela crise dos quarenta anos. Você vai superar isso.

Não dava para acreditar no que eu acabara de ouvir. Isso não tinha nada a ver com a crise dos quarenta. Como podia o meu próprio pai banalizar a minha dor e o meu desespero? Eu não conseguia acreditar que ele se recusava a admitir algo que eu sabia que ele dissera anos antes. Eu não acreditava que o meu pai pudesse mentir para mim.

Acima de tudo, não dava para acreditar que eu tivesse esperado que o meu pai fosse diferente daquilo que sempre tinha sido. Mas, mesmo assim, doía.

Atravessei a rua e entrei numa lojinha de presentes em que havia uma placa luminosa na janela com a inscrição *"Farmacia"*. Eu estava pronto a matar a dor, mesmo que ela me matasse durante o processo. Comprei tudo que estavam dispostos a me vender: Vicodin, Valium e mais Xanax. Passei o resto do final de semana comprando remédios aos baldes, tomando-os tanto quanto conseguia e enfiando o restante na minha sacola de golfe. Fora de mim devido aos medicamentos, perdi o voo de conexão para Houston durante a volta para casa. Blocos de tempo estavam desaparecendo.

De novo em Atlanta, a espiral descendente continuou seu caminho. Os comprimidos tinham se tornado igual ao álcool para mim, só que piores. Mas eu não me sentia tão culpado porque os encarava como parte do tratamento médico. Eu tomava os comprimidos de manhã e, quando chegava ao trabalho, já estava pronto para uma nova rodada. Na hora do jantar, estava pronto para mais comprimidos e para a escuridão e o conforto da minha cama. Dormia catorze horas e então iniciava o processo inteiro na manhã seguinte.

Eu era um zumbi.

10. Optando pela Vida

Farsero chorou por vários dias depois do funeral do *señor* Juan.

Ele participara dessa viagem como amigo do *señor* Juan. Ele não compartilhava nada com os outros e falava apenas com o seu amigo. Ele costumava dizer "Eu sou *El Farsero*. Isso é tudo que você precisa saber", e, assim, ninguém falava nem perguntava mais alguma coisa. Esse isolamento autoimposto acabou por aumentar o seu mistério. Talvez ele estivesse fugindo de uma vida em algum outro lugar. Ou talvez fosse apenas tímido. De qualquer modo, ele não deve ter imaginado que as coisas se transformariam desse jeito. Ele não se oferecia para ajudar, nem pedia alguma ajuda.

O seu desânimo tornou-se depressão, que se tornou renúncia. Já não se importava consigo mesmo. Não rastejava até debaixo da cobertura da proa para escapar ao sol. A sua pele estava com bolhas e descascando.

Então, em algum momento, parou de chorar. O silêncio espelhava a sua vida. Ele era filho de alguém, mas quem o conhecia? Era amigo de alguém, mas quem conhecia os seus sonhos e esperanças? Ninguém.

Certa manhã, Farsero não acordou.

— Este é o melhor tipo de morte — disse Lucio. — A gente morrer enquanto está sonhando.

Assim como haviam feito com o *señor* Juan, eles mantiveram o corpo de Farsero a bordo durante três dias, rezando para que um navio passasse, de modo que ele pudesse ter um enterro decente. Enfim, o mau cheiro tornou-se insuportável. O serviço fúnebre de Farsero foi semelhante ao do *señor* Juan, exceto que agora cada um dos homens leu uma passagem da Bíblia.

Nessa noite, Salvador fez secretamente um pequeno pedido a Deus:

— Meu Deus — ele rezou, — ofereço a minha vida se Tu permitires que os meus amigos sobrevivam. Amém.

Em meados de fevereiro começaram as chuvas fortes. Assim que os galões de gasolina estivessem cheios, cada um dos homens podia tomar um banho com a água da chuva que se empoçava no fundo do *panga*. Eles não haviam comido durante as duas últimas semanas, apesar de as águas estarem cheias de tubarões comestíveis circundando o barco. Nenhum dos homens queria correr o risco de se tornar a próxima refeição de um tubarão-tigre. Os tubarões eram pequenos, mas ferozes o suficiente para, facilmente, arrancarem fora um braço humano.

No final dessa tarde, Salvador e Jesús viram um tubarão de 1,5 metro de comprimento exatamente ao lado do barco. Salvador agarrou a estaca de madeira que tinha preparado e, pela frente, fincou-a na cabeça do tubarão. O ângulo da empalação impedia que o tubarão mergulhasse ou removesse a estaca para se livrar.

— Segure firme e não deixe que ele escape! — Salvador gritou para Jesús, entregando-lhe a estaca. Salvador se levantou e arrancou a camisa. — A faca! — Ele gritou para Lucio, apontando para as ferramentas.

Lucio entregou uma faca de pesca para Salvador, que a prendeu entre os dentes e depois pulou na água tingida de sangue. Ele agarrou o tubarão com ambas as mãos, cada uma numa das barbatanas laterais, enquanto o animal se agitava violentamente para a frente e para trás. Aos poucos, Salvador conseguiu controlar o tubarão, mudando a sua direção, como se pilotasse um *jet ski*, na tentativa de fazê-lo perder as forças. Jesús se pendurou na borda do barco e conseguiu apoio para empurrar a estaca mais profundamente no músculo rijo da cabeça do tubarão. Salvador firmou o animal e estava se preparando para soltar a barbatana direita e tirar a faca da boca quando o tubarão se debateu furiosamente. Por ter largado a barbatana para pegar a faca, Salvador estava perdendo a batalha e se cansando rapidamente, à medida que tentava manter a própria cabeça acima da superfície cheia de espuma e sangue.

— Mais tubarões! — Lucio gritou quando avistou vários tigres se aproximando rapidamente.

A cabeça de Salvador permanecia sob as águas turvas, por isso ele não conseguiu ouvir o alerta nem ver coisa alguma. Ele bateu as pernas e ergueu a cabeça na direção da barbatana, depois fechou os dentes sobre ela e mordeu-a o mais forte possível. Instantaneamente, sentiu uma dor abrasadora na boca por causa dos minúsculos dentículos, semelhantes a espinhos, que revestiam a barbatana do tubarão. Ele levantou a faca sobre a cabeça e, com toda a força, tentou enfiá-la na lateral do tubarão, mas a lâmina rebateu como se tivesse atingido um objeto de aço. Salvador levantou a faca de novo, dessa vez mergulhando no olho do tubarão. O corpo do tigre amoleceu. Lucio e Jesús içaram o tubarão para o barco e então tiraram Salvador da água. O tubarão ainda estava movendo as mandíbulas quando Lucio agarrou a faca e torceu-a mais profundamente dentro do cérebro da criatura.

O lábio de Salvador estava rachado e dois dos seus dentes amoleceram. O peito ficou seriamente arranhado e sangrava bastante. Mas ele sorria.

Hoje era o seu aniversário.

Os três homens devoraram o tubarão — cérebro, olhos e estômago, inclusive todo o seu conteúdo. Lucio e Jesús reservaram o coração e o fígado para Salvador, e insistiram para que ele os comesse. Quando acabaram de comer, cortaram em fatias a carne restante, lavaram os bifes na água salgada e os colocaram na proa para secar.

Em março, a chuva caía quase todos os dias. As tartarugas e aves surgiam em abundância, e parecia haver um suprimento infinito de peixes. Devido à sua dieta rica em proteína, a necessidade dos homens de abaixar as calças, sentar na borda traseira do barco e expelir os seus resíduos sólidos ocorria agora apenas a cada duas semanas.

Quando chegou abril, eles se aproximaram das rotas marítimas do Pacífico e contaram mais de uma dúzia de grandes navios à distância, no entanto muito longe para verem o *panga*. Lucio continuava fazendo as marcas com prego na lateral do barco.

Eles inventaram jogos para passar o tempo, sendo que um deles era "O que você quer para o jantar?". Imaginavam que a carne que estavam comendo era um pedaço de pão saído do forno ou uma fruta, um vegetal ou a sobremesa favorita.

— Um *cheeseburger* e uma Coca-Cola — Salvador costumava dizer, — com bolo de chocolate e sorvete de baunilha.

O prato favorito de Lucio era pão de banana.

— Você consegue se lembrar de como ele cheira quando está fresquinho? — Jesús perguntava.

— Eu consigo sentir o cheiro de cigarro e panqueca! — gritou Lucio certo dia. — Exatamente como se estivessem aqui no barco!

Jesús se imaginava muitas vezes em casa, ao lado de Jocelyn e do pequeno Juanchillo, e se perguntava por que isso estava acontecendo com ele. Ele não tinha sido o melhor dos maridos. Sabia que fora muitas vezes cruel com Jocelyn, tratando-a mais como uma escrava do que uma esposa. Pouco antes de partir para San Blas, ele procurara em vão um dinheiro que tinha escondido. Havia gritado com Jocelyn porque ela tirava as coisas do lugar. Mais tarde, ele encontrara o dinheiro no bolso das suas calças, mas mesmo assim não pedira desculpas. Era comum ele fazer com que ela saísse da cama, exigindo que lhe preparasse alguma coisa para comer, quando voltava para casa depois de uma noite de bebedeira com os amigos.

Agora, ele via a si mesmo como tinha sido. Jocelyn estava com apenas dezesseis anos quando ficara grávida e, agora, com quase vinte. Ele sabia que ela estava em casa sem nenhum dinheiro e nenhuma ideia do que acontecera com ele. Ele imaginava-a trabalhando até a exaustão, na tentativa de criar o filho deles sozinha. Ele prometeu a Deus que, se sobrevivesse a essa provação, seria um melhor marido e pai. Também prometeu parar de beber. Ele sabia que Jocelyn daria à luz qualquer dia desses, e esse pensamento levou-o às lágrimas.

— Chorão! — caçoou Lucio, que também estava num estado de espírito sombrio. — Você não é homem?

— Eu sou homem! — Jesús disparou de volta. — Mas os homens também choram. Choro por causa da minha família. Você não chora porque não tem ninguém.

— Nasci do mesmo jeito que você — respondeu Lucio. — Tenho a minha mãe, o meu pai e a minha avó!

— Não — Jesús insistiu. — Você não tem ninguém!

Salvador já tinha ouvido o suficiente.

— Se acalmem! — ele gritou. — Não sejam idiotas. Precisamos uns dos outros. — Ele os mandou para partes diferentes do barco onde permaneceram em silêncio, até que Lucio finalmente falou.

— Me desculpe, Jesús. Eu não devia ter dito aquelas coisas para você. É só o desespero.

— Deus vai cuidar de nós — Salvador lhes garantiu. — Ele vai nos proteger. Temos comida e água, e somos amigos. Deus quer que sejamos amigos.

Jesús e Lucio raramente discutiram depois disso. De vez em quando, Lucio aparava o cabelo e a barba dos outros homens com uma faca de pesca.

Nas noites frias, os três dormiam lado a lado sob o compartimento da proa para se aquecer. Deitados juntos em um abrigo apertado, eles especulavam sobre onde estavam e aonde iriam parar. Jesús pensava no Havaí; Salvador pensava na China. Lucio não tinha opinião formada. Sempre que um avião sobrevoava o barco, eles tentavam adivinhar para onde estava indo. Salvador sabia que não havia maneira de voltarem para o lugar de onde tinham partido por causa das correntes marinhas.

Para onde quer que estivessem indo, ele disse, deviam tentar chegar lá o mais rápido possível.

Portanto, dedicaram-se a construir um mastro com a guarnição de madeira de duas das divisórias e depois içaram nele dois cobertores, como velas. Isso não chegou a aumentar muito a velocidade do barco, mas a atividade lhes trouxe um sentimento de realização e fez com que achassem que estavam um pouco mais no controle da situação. Logo depois, uma tempestade carregou as velas e quase virou o barco.

Ao longo de maio e junho, os homens estiveram presos à rotina: pescar, dormir, comer. Embora não soubessem, durante esse tempo o *panga* passou por várias ilhas — Christmas, Fanning e Baker —, mas nunca perto o suficiente para que alguém conseguisse vê-los.

Em julho, os pescadores enfrentaram um desafio maior do que o calor: Jesús estava com dores de estômago violentas e a visão de

Lucio estava falhando, assim como a de Salvador. Os seus níveis de energia chegaram a um ponto perigosamente baixo, e eles se moviam muito mais lentamente. O fim estava próximo, e eles sabiam disso.

— Eu não tenho medo da morte — Salvador disse aos seus companheiros. — Não quando estou com vocês.

11. Optando pela Morte

Logo depois da minha visita ao meu pai, Carmen e eu fomos jantar com os nossos amigos Howard e Mary.

Nos meus dias de bebedeira, Howard e eu tínhamos nos tornado bons amigos. Juntos, fazíamos coisas tipicamente masculinas: jogar golfe e tênis, fumar charuto, assistir eventos desportivos, ver filmes que as nossas mulheres não tinham interesse em ver e, é claro, beber. Naquela época, nunca cheguei a notar que, para cada dez drinques meus, ele bebia somente um.

Eu me lembro de uma partida de golfe que disputamos e como eu fiquei provocando-o.

— Você devia beber mais — eu disse impulsivamente depois de bater com um taco de ferro nº 4 e acertar a bola a 60 centímetros do buraco. (Eu sempre achei que jogava melhor quando estava um pouco embriagado.)

— Estou perfeitamente bem com a quantidade que bebo — respondeu ele.

Que coisa estranha para se dizer, pensei. Eu não conseguia imaginar um sujeito que não enchesse a cara. Ao mesmo tempo, tenho certeza de que eu estava reprimindo uma voz interior que me dizia: *Ei, idiota, você devia aprender uma lição com esse sujeito. Ele sabe cuidar da vida dele.*

É claro, após um tempo, eu tinha parado de beber. Assim, na próxima vez em que Howard e eu jogamos golfe, fui capaz de lhe dizer, todo orgulhoso, que eu não havia bebido nada nos últimos quarenta e três dias.

Várias vezes, durante o jantar, eu me levantei para ir ao banheiro, e Howard precisava me segurar para eu não cair. Era tão desconfortável para Carmen. E tão triste. Ninguém sabia o que fazer ou dizer. Eu, claro, estava alheio a tudo.

Na manhã seguinte, Howard me convidou para jogarmos uma partida de tênis, e fiz um grande esforço para me medicar suficientemente, de modo a não sentir o peso do seu julgamento nem qualquer outra coisa relacionada a esse assunto. Depois de eu perder a maioria das bolas que ele lançou para mim, ele já não aguentava mais. Deixou a quadra, rodeou a lagoa e sentou-se num banco. Ele nunca tinha ficado tão sério comigo.

Na minha cabeça, nós éramos amigos e "camaradas", e os camaradas normalmente não querem estragar as coisas pelo fato de ficarem sérios. Um camarada geralmente se recosta na cadeira e observa o amigo implodir: "Não sou responsável por ele… Ele só está passando por um momento difícil… Vai acabar encontrando uma saída." Mas não Howard. Ele não estava a fim de aparecer no meu funeral e dar um chute em si mesmo por não ter feito algo antes que fosse tarde demais.

— Joe, você tem que procurar ajuda. Você não é o mesmo Joe que a gente conhecia. Você precisa ir a algum lugar e ver que coisa é essa que o está destruindo.

— Tudo bem — respondi. — Tudo bem.

Carmen vinha dizendo a mesma coisa havia anos, mas, por algum motivo, eu não conseguia ouvir isso dos lábios dela. Quando Carmen refletia de volta para mim a verdade de quem eu era, eu a rejeitava vigorosamente. De modo inerente, eu possuía um sistema

"Guerra nas Estrelas" de defesa antimísseis, e estava desviando os mísseis Scud soviéticos que se aproximavam. Ela tentava me falar daquilo que via, não de uma maneira desleal que me pudesse ferir, mas por amor. Porém, naquela época, eu não sabia que não sabia.

Eu conseguia ouvir Howard por duas razões. Em primeiro lugar, confiava nele. Não que eu não confiasse em Carmen, mas outros fatores obscurecem a clareza nas relações matrimoniais. Em segundo, eu não era casado com Howard nem tínhamos negócios em comum. Ele não tinha nada a ganhar por me dizer isso. Só tinha a perder — a nossa amizade. Mas ele gostava de mim o suficiente para me dizer a verdade. Isso me atingiu por completo. Ele exercia o papel de uma terceira pessoa, objetiva, que arriscava a nossa amizade em meu benefício.

Eu disse a Howard que ia procurar ajuda — em breve.

Mas, primeiro, tinha de comparecer a um café da manhã de negócios com alguns investidores que queriam que eu participasse do seu projeto mais recente. Na manhã seguinte, no Ritz-Carlton, eles estavam esperando ansiosamente o sujeito que havia sido descrito como "o encaixe perfeito", aquele que "tem tudo sob controle".

Esse sujeito nunca apareceu. Mas *eu* apareci.

Quando embiquei o carro ao lado do serviço de *valet*, já havia tomado, só para me precaver, vários tabletes de Xanax e um par de comprimidos de Vicodin, do meu arsenal comprado no Novo México. Também optei por aumentar a dose, com uma nova droga ansiolítica que o meu médico achava que podia ajudar. Basta dizer que eu estava de um jeito mais peculiar que o habitual. Desci do meu Porsche, entreguei as chaves para o manobrista e entrei, completamente fora de mim e, com certeza, sem estar pronto para o horário nobre. Ao me sentar, comecei a sentir os efeitos cumulativos dos comprimidos. Eu podia sentir o pânico chegando, mas o grande problema é que, logo que a gente sente uma pontada de ansiedade, toma outro Xanax e a ansiedade logo vai embora. Para mim, o Xanax era como uma deliciosa bomba de chocolate. Não importava quão tensa a situação, eu me sentia como se tudo estivesse simplesmente formidável.

Portanto, pensei que poderia lidar com a situação. Com os produtos farmacêuticos ao meu lado, eu estava pronto para assumir o comando, para voltar a ser o executivo que havia sido. Mas, dessa vez, o Xanax me fez decolar — na verdade, me jogou para debaixo da mesa. Na hora em que pedi a minha porção de frutas, eu estava engolindo palavras, me balançando e, ocasionalmente, cabeceando de sono.

Ainda assim, a deliciosa bomba de chocolate Xanax fez o seu trabalho. Isso me levou a pensar que eu havia conseguido lidar com a situação, sem problemas.

Mas, ao chegar em casa, eu me dobrei de dor e começou um ciclo de trinta e seis horas de vômitos e diarreia. Além de tudo isso, eu tinha pegado uma gripe. Eu era a encarnação da parte "doença" do voto matrimonial "na saúde e na doença"; e Carmen foi forçada a lutar com visões e cheiros que nenhum ser humano jamais devia ter de lidar ao vivo ou limpar depois.

Quando essa crise finalmente cessou, experimentei um momento de clareza terrível e cristalina. Não conseguia me lembrar de muitas coisas que haviam acontecido, mas, pelo menos por um momento, eu estava sóbrio o suficiente para enxergar através da névoa. Eu estava vazio.

Carmen encontrou o estoque de medicamentos que eu comprara no México e me pôs contra a parede. *Pego em flagrante*. Ela ligou para o meu psiquiatra e contou-lhe o que estava acontecendo. Depois peguei o telefone e lhe disse, num acesso de coragem, que eu ia parar imediatamente de tomar todos os remédios antidepressivos e ansiolíticos.

Parecia-me que, depois de anos tomando esses medicamentos, eles não estavam mais agindo. Nada realmente fazia muita diferença e, se fizesse, o fato era que eu estava pior do que jamais estive. A depressão ganhara os onze primeiros *rounds* de uma luta de doze *rounds*. Eu precisava fazer alguma coisa drástica.

Ele me aconselhou a não fazer, mas eu já não me importava mais. Não conseguiria viver assim por mais tempo. Se os remédios eram necessários para eu seguir em frente, então ia morrer logo. Ele insistiu para eu ir vê-lo no dia seguinte.

Entrei no consultório e disse-lhe que precisava de um tratamento para quem está no fundo do poço. Os comprimidos não funcionavam mais; as sessões não funcionavam mais. Eu necessitava de tratamento pesado, e tinha de ser naquele exato momento.

Eu passara a noite anterior pesquisando clínicas de tratamento psiquiátrico. Havia algumas no oeste do país que prometiam bons resultados. Além do mais, ofereciam acomodações no mesmo padrão das dos *resorts*, tratamentos de *spas* e belas paisagens — um Ritz-Carlton para os deprimidos. Pareciam ser incríveis. Afinal, eu não queria ficar ao lado dos deprimidos comuns; eu tinha uma "depressão de grife". Submeter-se significava internação com terapia intensiva, lençóis de algodão de quatrocentos fios e um massagista terapêutico de plantão.

O meu médico, no entanto, achava que gastar cinquenta mil dólares por mês no Arizona não fazia sentido quando havia programas igualmente bons em Atlanta. Ele recomendou o programa de um hospital local, sem internação.

Ótimo. Pelo menos dava para eu dormir na minha própria cama e passar um tempo com a minha família. Ele marcou uma entrevista para mim para a segunda-feira seguinte.

Assim que saí do seu consultório, comecei a me preocupar com as possíveis ramificações: Será que isso ia fazer com que eu fosse demitido? O que pensariam os nossos amigos? E quanto à minha opção de ações? Certamente, o meu chefe e os colegas de trabalho iam pensar mal de mim e querer me ver pelas costas.

No caminho de volta para casa, fiz um inventário de tudo que podia acontecer. Cheguei à conclusão de que, provavelmente, seria despedido. Quase em lágrimas, telefonei para o meu advogado, que me aconselhou como abordar os meus colegas e — se precisasse no futuro — como fazer uma alegação de incapacidade. Em seguida, liguei para os amigos mais próximos para lhes dizer que ia começar um tratamento para depressão num hospital. Todas essas conversas começaram e terminaram em lágrimas. Eu nunca me sentira tão humilhado publicamente. Precisei explicar que o sujeito que sempre foi tão impulsionado pelo sucesso havia falhado. Eu já não era capaz de solucionar as coisas por minha própria conta.

Eu não seria mais o sujeito com uma história de sucesso para contar. Nunca seria o filho que correspondeu às expectativas do seu pai. Nunca seria bom o suficiente. Ia perder tudo: a minha família, o meu emprego, a minha reputação — tudo. A promessa que eu fizera de ser bem-sucedido, para contrabalançar a dor e os traumas da minha infância, ia ser quebrada. Acabou-se. Eu tinha fracassado na vida.

Estava em ruína.

Passei o resto da semana me preparando para o tratamento. Havia muitos detalhes a ser considerados, sendo que o último incluía ligar para o escritório. Comecei pelo meu chefe e, como não consegui encontrá-lo, deixei mensagens e e-mails urgentes com a secretária, até que o achei em sua casa de praia em Miami. Eu estava muito nervoso, esperando ouvir algo como: "Não podemos ajudá-lo. Não podemos lhe dar uma licença. Isso é problema seu. Não deixe a porta bater nas suas costas ao sair."

Em vez disso, ele me atendeu com gentileza e compreensão; esse bilionário, com casa em Fisher Island, que, sem sequer pensar duas vezes, podia gastar facilmente dez vezes o valor do meu patrimônio líquido para encontrar um substituto.

— Faça tudo que for necessário e leve o tempo que precisar para ficar bom — disse ele. — Nós vamos cuidar de tudo no escritório até termos você de volta.

Desliguei o telefone e chorei.

Na manhã seguinte acordei com a dor, o medo e a inquietação familiares.

Perto das dez horas, recebi um telefonema de Joshua, um amigo com quem eu tinha vários interesses em comum, particularmente no futebol americano. Como professor de teatro na escola das minhas filhas, Joshua ficava de olho nas minhas bebês e me relatava se precisávamos ser mais rígidos em relação aos estudos. Os filhos dele eram de fato bebês, e Carmen e eu nos apaixonamos por eles, como se fossem nossos netos. Ele e a esposa, Allison, são quinze anos mais novos do que nós, portanto colocamos os dois sob a proteção das nossas asas, e acabaram se tornando tão próximos de nós como um irmão e irmã.

Nesse dia, Carmen e Allison estavam fazendo uma venda de garagem de coisas que não eram mais usadas ou necessárias, e os meus objetos da época do estúdio de TV estavam sendo vendidos como se fossem pãezinhos quentes saídos do forno. Chovia e eu estava sentado numa cadeira de jardim, chorando, enquanto assistia camisetas e bonés *Seinfeld* e outras coisas dignas de ser lembradas sendo vendidas por quase nada — troféus de dias que se foram, uma prova de que eu tinha sido capaz de fazer coisas melhores.

Joshua chegou e me levou a um restaurante, escolhendo uma mesa nos fundos do salão. Os nossos chás gelados foram servidos, e ele depositou a sua Bíblia no tampo da mesa. Durante um tempo, não disse nada; apenas me ouviu falar dos meus medos em relação ao hospital psiquiátrico. Depois de dez minutos, esse anjo disfarçado de gente se inclinou sobre a mesa, aproximando-se de mim.

— Olhe — ele disse. — Estou certo de que os médicos terão uma variedade de ótimos argumentos para lhe explicar por que você está deprimido. Estou certo de que você tem provavelmente algum tipo de desequilíbrio químico — ele mudou de posição na sua cadeira antes de continuar. — Eu não quero que você vá para esse lugar pensando que algum palavreado psiquiátrico e algumas drogas irão curá-lo para sempre. Há apenas uma solução duradoura para o seu problema, e essa solução é um relacionamento com Deus.

Eu já havia frequentado a igreja antes. Tinha ido à missa com Carmen e as meninas, e cheguei até mesmo a assistir aulas na escola dominical, e Deus era mencionado ao longo de todo o Programa de Doze Passos, do AA, de cujas reuniões eu vinha participando nos últimos anos. Mas eu não sabia nada sobre um relacionamento com Deus, e não entendi o que isso tinha a ver com o meu vício e a minha depressão. Ainda assim, concordei em rezar com Joshua, ali mesmo na mesa.

Então aconteceu uma coisa surpreendente. A oração era diferente de qualquer outra que eu já tinha ouvido ou fingido rezar. Foi como uma daquelas orações "venham para Jesus" do Cinturão Bíblico, no sudeste dos Estados Unidos; do tipo em que você pede ajuda a Deus, sabendo muito bem que, se Ele não o atender, você está condenado.

Foi um pedido que veio das profundezas do coração de outro homem, com o máximo de energia e intensidade que um ser humano consegue transmitir, para me tirar do meu desespero e me colocar nas mãos de um Deus maravilhoso, que possui uma fonte infinita de graça e misericórdia. O pedido de Joshua a Deus precisava ser forte o suficiente para unir o meu coração ao seu, à medida que ele o encaminhava para Aquele que cura.

Eu nunca havia encontrado Jesus — provavelmente, não O reconheceria se O visse —, mas rezar dessa maneira me pareceu natural e real. Eu estava atirando o meu coração sobre o chá gelado. Quando terminamos a oração, ambos estávamos em lágrimas.

Nessa noite, eu me revirei debaixo das cobertas, na esperança de que a minha oração do chá gelado fosse atendida.

Quando acordei na manhã seguinte, estava aterrorizado. Eu havia parado bruscamente de tomar os analgésicos. E pela primeira vez em muito tempo, senti tudo: a angústia emocional, a mágoa latejante, a dor física.

A ilusão do sucesso tinha me levado a isso. Todo esse impulso em direção à ilusão era inútil. Era uma miragem repleta de promessas vazias para matar a minha sede. O impulso em direção ao sucesso — causado por fatores que ainda não conhecemos — nunca termina e nunca nos preenche. No entanto, eu acreditara no sucesso por tanto tempo que, de algum modo, achava que o alcançaria.

A minha vida estava repleta de destruição e pavor. Era como se alguém me tivesse acertado um soco no estômago e depois dado as piores notícias possíveis: você foi demitido, você vai para a cadeia, a sua mulher o está abandonando e a sua filha foi sequestrada por um pedófilo. E, a propósito, o fiscal do imposto de renda está aguardando você na linha um.

Para ser sincero, eu estava esperando algo mais — um momento dramático, feito para a TV, especialmente ao levar em consideração a oração de Joshua no dia anterior. À medida que as toxinas começavam a deixar o meu corpo e eu pensava de modo mais claro, passei a me perguntar se a mudança nunca viria. Depois de quarenta e dois anos de tentativas de salvar a mim mesmo, o que uma oração poderia fazer? Desejei tanto que houvesse esperança num Deus que me pudesse salvar, mesmo que fosse apenas da dor de viver. Eu tinha tentado todas as outras opções.

Joshua quase havia desafiado Deus durante a nossa oração juntos. Em essência, ele dissera: "Deus, se Tu não vieres agora salvar este homem, ele vai morrer."

E eu acreditei nele.

Nesse sábado, 14 de fevereiro, o tempo estava frio e eu me movia lentamente. Não me lembro de muitas coisas, exceto que a roupa que eu vestia nunca era suficiente. Vesti uma calça de moletom, calcei pantufas e coloquei a minha jaqueta com o logotipo de *Seinfeld* nas costas, pois, a partir do momento que compra uma jaqueta legal, você não é um perdedor, certo? Carmen ainda estava trabalhando na venda de garagem, quando surgi com a aparência de quem tinha acabado de fugir de uma enfermaria psiquiátrica. *Feliz Dia dos Namorados, querida! Escute, você se importaria de me fazer um favor este ano e me largar lá no manicômio?*

Estacionei a mim mesmo numa cadeira de jardim, debaixo da chuva, e tentei não chorar. Às vezes, Allison me recordava de como eu parecia deplorável, triste e com medo, e como ela e Joshua rezavam para que eu pudesse resistir por mais um dia. Carmen estava rezando também, e devia estar com medo da morte. Por um tempo muito longo, Allison olhou fixamente para mim, sentado naquela cadeira de jardim, tentando me obrigar a voltar à totalidade. Eu nem sequer percebi.

Eu me sentia como se não tivesse restado mais nenhuma vida em mim; como se não houvesse nada que eu pudesse fazer, a não ser esperar pelo próximo golpe terrível. Nunca me sentira tão sozinho e desamparado.

Dentro de mim, chorei: *Como isso aconteceu? Como as coisas chegaram a esse ponto?*

Não havia resposta.

12. O Resgate

Jesús, Salvador e Lucio foram arrastados na direção oeste do Pacífico a quase dez mil quilômetros de onde tinham partido havia 286 dias.

Estavam entre as ilhas Marshall, ao largo da costa da Austrália, embora nunca ao alcance da vista de quem estivesse em terra. Tinham matado e comido 108 tartarugas marinhas, e visto vinte e cinco navios durante os mais de nove meses à deriva. Dois membros da tripulação acabaram morrendo e o próprio Lucio estava perto de morrer. Como eles se apertavam como sardinhas sob o compartimento da proa, Salvador pode sentir uma pancada na lateral do barco. Tubarões e baleias tinham batido contra o barco em várias ocasiões, mas essa pancada era diferente.

Ele também notou um ruído ao fundo.

— Esse barulho é do vento? — perguntou Lucio.

Salvador se levantou, apoiando-se na borda do barco, e apertou os olhos para protegê-los do sol da tarde. Ele pensou que estava vendo uma miragem.

— Jesús! Lucio! — gritou. — Nós estamos salvos!

— Nos deixe em paz — gemeu Lucio. — Deixe a gente dormir.

— Não, vejam! — Salvador gritou, apontando. Jesús e Lucio saíram rastejando de sob o compartimento da proa e viram vários homens asiáticos se aproximando deles num pequeno barco, com uma gigantesca traineira como pano de fundo. Registrado em Taiwan, o *Koos 102* tem mais da metade do tamanho de um campo de futebol americano, com uma tripulação predominantemente chinesa.

Os três homens estavam fracos e sedentos. Os músculos tinham se atrofiado, e, assim, a sua fraqueza foi intensificada. Lucio mal conseguia enxergar. Devagar, moveram-se para fora do compartimento da proa e se ajudaram mutuamente a manter o equilíbrio, enquanto se levantavam apoiados na borda do *panga*. Conforme cada um deles espiou sobre a lateral do barco, os seus olhos se depararam com a mais bela visão de suas vidas. Apesar de sua vista estar embaçada, Lucio pôde sentir a alegria vinda de Jesús, à medida que ele repetia:

— Obrigado, meu Deus. Obrigado, meu Deus.

Salvador olhou para o céu e balançou a cabeça, como uma confirmação de que "Deus está acima de nós".

Chorando e rindo, eles receberam ajuda para entrar no pequeno barco salva-vidas e então foram conduzidos até a traineira. Tentaram absorver tudo que havia ao seu redor, mas era difícil enxergar alguma coisa claramente depois de tantos meses numa água que refletia em seus olhos os raios ultravioletas. Eles estavam tão dominados pela emoção, que nem sequer perceberam as vozes dos seus salvadores.

A tripulação da enorme embarcação pesqueira prosseguiu com a sua tarefa, como se salvar três homens perdidos no oceano fosse uma experiência comum, como se existisse algum tipo de *modus operandi* para essa situação. Na verdade, isso era bastante comum. Com frequência, pequenos barcos de pesca ficavam perdidos nas águas em torno dessas ilhas por causa de uma falha no motor ou por falta de combustível.

Desse modo, a tripulação realizou um trabalho rápido de salvamento, içando o *panga* a bordo. A equipe de resgate parecia mais preocupada com o *panga* do que com os sobreviventes, que se juntaram num canto e continuaram a rir e chorar.

Um imenso navio de pesca como o *Koos* não podia interromper o seu trabalho só porque alguns pescadores locais quebraram uma engrenagem do motor de popa. O *Koos 102* havia recolhido os pescadores em seu caminho para o alto-mar, para uma expedição de pesca ao atum, e essa era a principal ordem de serviço da tripulação. Isso significava que os pescadores ficariam no mar ainda por várias semanas, até o porão de carga estar lotado.

Nesse momento, os membros da tripulação da traineira não sabiam que os pescadores não eram habitantes locais nem tinham ideia de que agora faziam parte de uma extraordinária história internacional.

A tripulação aconselhou os pescadores a permanecerem no interior do navio, numa cabine com ar condicionado. Era óbvio que eles haviam ficado tempo demais sob o sol e necessitavam de repouso e líquidos.

Durante as primeiras noites a bordo do navio, os três ficaram agitados, atormentados por pesadelos e pelo medo de que o seu resgate fosse apenas um sonho. Muitos dias se passaram antes de eles conseguirem aceitar a realidade de que estavam em segurança.

Depois de vários dias, foram convocados a se dirigir aos alojamentos do comandante para conhecer Yeng Ching Shui, que não falava espanhol. Naturalmente, os pescadores não falavam chinês. O comandante apontou para um mapa das ilhas da região, na tentativa de saber de onde tinha vindo cada um dos homens. Eles estavam confusos. Nunca haviam visto um mapa daquelas ilhas. Os pescadores continuaram balançando a cabeça em sinal de "não".

Perceberam que, de alguma maneira, precisavam explicar ao comandante que não eram provenientes das ilhas locais. Eles foram cada vez mais se afastando do mapa e falando repetidamente "México". Enfim, depois de cinco tentativas, o comandante compreendeu. Ele balançou a cabeça, como se quisesse dizer "Impossível".

Com os três convidados a bordo, a traineira continuou a operar como de costume, permanecendo no mar por mais duas semanas. Assim que as comunicações se estabeleceram com a terra firme, as linhas começaram a zumbir entre o navio, o porto, as autoridades mexicanas, as famílias dos homens e o proprietário da empresa pesqueira, que ordenou a volta do navio a Majuro, a capital das ilhas Marshall. Quando perguntaram ao administrador do porto qual a aparência dos pescadores quando os encontrou, ele respondeu: "Um pouco magros e esgotados — o que é compreensível. Quando eu os vi nas docas, eles estavam em condições muito boas, mas isso aconteceu duas semanas mais tarde."

A bordo do *Koos 102*, Jesús, Salvador e Lucio adquiriam mais força a cada dia, acrescentando gradualmente alimentos mais substanciais à sua dieta. Eles dormiam bem e desfrutavam de longos banhos de chuveiro, tentando limpar o máximo possível os nove meses no mar. Os seus corpos estavam se curando. Lucio recuperou a visão, e os ouvidos sararam. Os cabelos e unhas de todos eles foram cortados.

E continuaram a ler a Bíblia.

De início, eles recebiam como alimento somente arroz e água potável. (Mais tarde, quando os alimentos processados, contendo conservantes, foram adicionados à dieta, os três pescadores ficaram doentes e suas pernas começaram a inchar.)

Na primeira vez em que se sentaram com a tripulação no salão de jantar, depois de consumir durante nove meses nada além de peixe cru, carne crua de tartaruga e sangue de tartaruga, foi servida a eles uma refeição especial: *sushi*. No momento em que os pratos foram colocados à sua frente, os sobreviventes olharam uns para os outros, sem poder acreditar.

— Eles *vão* cozinhar isso, não vão? — Jesús cochichou para Salvador.

— Acho que não.

— E o que nós vamos fazer? — perguntou Jesús, com os dentes cerrados.

— Sorrir e comer — respondeu Salvador.

13. Encontrado

Lembro-me de apenas três coisas sobre o domingo, 15 de fevereiro de 2004.

A primeira é estar ajoelhado na igreja, lendo a oração da parte final do missal e questionando por que Deus me permitia viver se era isto que a minha vida estava fadada a ser — uma vida cheia de destruição e de um medo interminável.

A segunda é olhar para o relógio, por volta das seis horas naquela noite, sabendo que tinha um compromisso na manhã seguinte. E eu realmente não me importava. Estava acabado. Um brinde. A vida chegava ao fim.

A última coisa era desejar (ou esperar), conforme eu me enfiava na cama, que *Por favor, deixe-me morrer.*

Tive um despertar brusco logo após a meia-noite, como se alguém estivesse segurando sais aromáticos perto do meu nariz, tentando me trazer de volta à consciência. Eu não percebi onde estava por alguns instantes. As minhas roupas estavam encharcadas. Era como se eu tivesse pulado dentro de um lago e esquecido de trocar de roupa antes de ir para a cama. Fiquei deitado por alguns minutos, me perguntando o que estava acontecendo. De alguma maneira, eu me sentia diferente. Levantei-me, vesti uma roupa seca e voltei para a cama. Fechei os olhos e respirei profundamente.

Então aconteceu.

Em meio a toda a minha escuridão, fracasso e incerteza, senti que a mais maravilhosa sensação de paz tomava conta de mim. Era a luz se sobrepondo à escuridão. Eu sei o que isso pode parecer e, em épocas anteriores da minha vida, eu não acreditaria se outros descrevessem algo semelhante. Mas tudo que posso dizer é que é *verdade*, uma experiência como nenhuma outra que tive na minha vida. Ela começou com um gotejar e, em seguida, tornou-se uma torrente, como se o meu coração fosse um balde e a esperança estivesse sendo derramada dentro dele. Ela me preencheu até o mais profundo do meu ser e eu a senti, fisicamente, em todo o seu percurso até os meus pés, e depois subindo pelo meu corpo, passando pelos joelhos, peito e o topo da cabeça. Fluiu através de mim, como se eu fosse uma planta murcha, morrendo por falta de água; uma alegria pura inundou o meu corpo inteiro, até não deixar nenhum espaço vazio.

Era real. Alegria verdadeira. Não era um desespero do tipo "uísque e carros esportes", prazer vertiginoso, mas sim uma alegria profunda, do tipo "dê uma segunda chance à vida". Eu não tinha a preocupação se ela ia enfraquecer aos poucos, nem podia fazer coisa alguma para fazê-la ficar. A dor era uma lembrança distante. Cada grama dela. Os nós do meu pescoço e dos ombros, foram-se; a queimação na cavidade do meu estômago intoxicado, foi-se; a protuberância na minha garganta, foi-se. Não dava para acreditar. O medo, o aniquilamento e a dor haviam desaparecido.

Acordei Carmen.

— Querida, aconteceu uma coisa.

— O quê? O que foi? — ela perguntou, sem acordar completamente.

— Acho que... Deus acaba de entrar na minha vida — respondi, sem saber exatamente o que queria dizer com isso.

— Do que você está falando? — Ela murmurou, ainda meio adormecida.

— Eu não sei — disse —, mas tudo se foi. Toda a dor, toda a minha ansiedade... foram embora.

Eu diria que ela não sabia ao certo o que fazer com isso. *Qual medicamento ele está tomando agora?*, ela deve ter pensado.

— Estou bem — eu disse. — De verdade. Estou realmente bem. De alguma maneira, apenas sei que tudo vai ficar bem. Eu sinto essa paz maravilhosa. Uma felicidade. Como nunca senti antes. De repente, tudo ficou calmo e sereno.

— O que você acha que pode ser? — Perguntou ela, sem esperar realmente que eu tivesse uma resposta.

— Não tenho a mínima ideia — respondi. — Foi por isso que acordei você. Pensei que você soubesse.

Ficamos sentados quietos na cama durante alguns minutos. Eu não tinha certeza do que dizer. Normalmente, não sou uma pessoa que se refreia, mas não queria perturbar Carmen mais do que já havia feito. A última coisa da qual precisava era perder a minha melhor incentivadora, pois ela pensava que dessa vez eu tinha realmente, *realmente mesmo*, alcançado a parte mais profunda do poço.

Em certa medida, eu estava com medo de ter esperança. Mas sabia que, de algum modo, tinha acabado de ser resgatado. Na véspera da minha admissão num hospital psiquiátrico, e depois de anos de reviravoltas equivocadas na vida e de apoiar a minha escada nas paredes erradas, Deus apresentara-Se com um desafio duplo e fizera o impensável: Ele havia me resgatado.

Não entendi completa e exatamente o que aconteceu naquela noite. Até hoje, não conheço o seu mistério, mas eis o que penso:

Falando da maneira mais simples, quando formei o pensamento *Por favor, deixe-me morrer*, eu estava renunciando ao meu apego excessivo e desesperado em relação à minha vida. Havia abandonado a vida que mal começara a viver, não em troca de outro tipo de vida, mas apenas porque não tinha outra opção. Naquela noite, eu estava em queda livre, como um caça a jato numa espiral da morte… e Deus estendeu a Sua grande e sobrenatural rede de segurança, e me apanhou.

Para mim, a rendição foi o meu último suspiro, um sussurro pouco audível. Mas, para Deus, aparentemente soou bem alto e claro, um pedido de ajuda para o 190: "Desisto!"

Era eu desistindo, finalmente, do meu lixo e do sonho de autossuficiência.

Era eu deixando de lado o autoengano que dizia que, se ganhasse bastante, bebesse bastante e gastasse bastante, "estaria satisfeito".

Era eu dizendo ao meu pai: "Eu nunca serei bom o suficiente para você. E, saiba que tudo bem, pois sou bom o suficiente para Deus."

Quando desisti do meu "conteúdo" naquela noite, sobre todo ele havia marcas de garras, pois eu tinha me agarrado a ele como um adolescente apaixonado. Ele era o meu deus. Robert Downey Jr., o ator, certa vez descreveu seu "conteúdo" a um juiz antes de ser preso por violar novamente os termos da sua condicional: "É como se eu tivesse o cano de uma espingarda na boca, com o dedo no gatilho, e estivesse gostando do sabor do metal." *Irmão, eu sei como você se sente.*

Aí está. O que aconteceu naquela noite dizia respeito à minha renúncia ao apego exagerado a uma fantasia fundamental: a noção de que as minhas realizações significavam realmente alguma coisa.

Na manhã seguinte, eu ainda estava fraco, não só por estar doente, mas também porque vinha me sustentando havia várias semanas com uma porção composta por Coca Diet e Marlboro.

Assim que parei diante do espelho, o véu levantou-se e, pela primeira vez, pude ver claramente o fardo físico que o meu estilo de vida pusera sobre mim. Eu tinha sido um cara quase bonitão, mas agora era quase um sem-teto. Consegui então ver aquilo que tinha sido óbvio para os outros durante muito tempo. Eu me parecia com o sujeito todo despenteado que aparece nas propagandas de antidepressivos na TV, cheio de dor e sofrimento. (Essas representações também são precisas. É isso mesmo que acontece.)

Apesar de eu vir sofrendo terrivelmente em meu interior e isso estar aparecendo do lado de fora, eu havia me iludido a pensar que ainda tinha cacife, com o meu carro de luxo, a minha alegada boa aparência e os meus produtos farmacêuticos. Naquele dia, a verdade me olhou frente a frente. E ela era feia.

Em todo caso, Carmen guardara as chaves do carro longe de mim, antes que eu tivesse a oportunidade de matar algum estranho inocente ou a mim mesmo. Ver-me sem o meu amortecedor, isto é, o lixo ao qual eu estava me agarrando, era desagradável, mas pelo menos eu tinha uma pequena semente de esperança. Aprontei-me e ela me levou ao meu compromisso.

A caminho do hospital, o celular de Carmen tocou.

— Aguarde um instante. Ele está aqui ao meu lado — ela disse, passando-me o telefone.

— Olá, Joe, como você está? — perguntou a voz do outro lado da linha. Era Kim. Ela e o marido, Alfred, foram nossos primeiros amigos em Atlanta. Por coincidência, Carmen e Kim haviam se conhecido em 1985 quando trabalhavam no Ridgeview Institute, o mesmo hospital para onde estávamos indo.

— A que horas é a sua entrevista? — Ela perguntou, como se tivesse um plano em mente.

— Às dez horas.

— Tudo bem, vamos começar a rezar por você às 9h55.

— Mas, Kim — eu interrompi, — aconteceu algo ontem à noite.

E prossegui, explicando que eu sentira como se estivesse sendo preenchido com um líquido frio e como ele tinha fluido por todo o meu corpo, e depois transbordado para fora de mim. Então, ela me fez uma pergunta que ninguém nunca havia feito antes. Na verdade, eu nunca sequer tinha ouvido a frase antes.

— Era como se escamas estivessem caindo dos seus olhos?

Como ela sabia disso? Como ela conseguiu acertar em cheio? E como posso chegar a saber o que isso significa?

— Sim, foi exatamente assim que aconteceu! — Eu disse, com um grande sorriso no rosto.

A primeira providência a ser tomada, antes que você seja admitido num hospital psiquiátrico, é a tão necessária avaliação, a parte em que eles decidem se você é louco o suficiente para se juntar ao clube. Alguns dias depois perguntei a um dos médicos se eu realmente precisava estar lá. Ele me lançou um olhar estranho e disse seriamente:

— Você não teria sido admitido neste lugar, a menos que realmente precisasse.

Lembro-me de uma moça amável me levando até uma pequena sala para a entrevista, apesar de a minha esposa e os outros médicos já terem dito o suficiente sobre mim para gerar um prontuário com vários centímetros de espessura. Acho que, para torná-las oficiais, eles precisavam ouvir as loucuras diretamente da boca do principal interessado.

— Então, me diga o que está acontecendo — disse ela.

Pus-me a falar, enquanto a observava tomar notas, com a cabeça curvada sobre os formulários, balançando-a ocasionalmente. Quando terminei, ela fez uma breve recapitulação.

— Então, temos um episódio de depressão e ansiedade graves, combinadas com certo abuso de medicamentos e certo alcoolismo no passado... Há mais alguma coisa?

Ela virou a página e balançou o cabelo num movimento único e fluido, e ficou esperando a minha resposta, com os olhos voltados para a folha do prontuário a fim de se certificar de que tudo estava em ordem. Ela já havia feito isso milhares de vezes.

Eu estava pronto para a internação, mas ela insistiu na pergunta:

— Há mais alguma coisa?

É claro que havia algo mais. *Apenas a maior coisa que já tinha acontecido comigo!* Mas, naquele momento, ela era uma completa novidade para mim. Eu não sabia como descrevê-la e estava com medo de, talvez, projetar o tipo errado de loucura, o tipo que me faria entrar diretamente numa camisa de força. De repente, as lágrimas inundaram os meus olhos.

— Acho que fui visitado por Deus na noite passada — eu disse suavemente. A caneta dela fez uma pausa no ar. E ela olhou para mim como se, em vez de "Deus", eu tivesse dito "Elvis".

— É mesmo? — Ela perguntou com sua melhor voz livre de julgamentos. — Por que você não me fala sobre isso?

Dei-lhe um relato detalhado. Quanto mais eu falava sobre a minha experiência, melhor eu entendia o peso do que havia acontecido. Chorei um pouco mais. Quando terminei, ela me entregou um lenço de papel e fez a minha admissão.

De segunda à sexta-feira, eu participava do programa para pacientes externos, passando a maior parte do tempo em salas de aula. As discussões dentro de grandes grupos abrangiam tudo, desde as causas da depressão até farmacologia, capacidade de lidar com situações e aptidão física. Em grupos menores, conversávamos sobre as nossas questões individuais. No primeiro dia, conheci o meu principal conselheiro. De início, ele não parecia corresponder bem ao seu papel, principalmente porque tinha o hábito de usar o suéter de gola careca com o colarinho da camisa para fora. O que me irritava. Comecei a ficar preocupado com isso. Talvez, alguma parte de mim estivesse resistindo a tudo. Enquanto permanecesse paralisado por causa de algum detalhe estúpido, como o colarinho de uma camisa, eu não teria de fazer um trabalho para melhorar.

Ele acabou por se tornar o conselheiro perfeito.

A primeira vez em que nos reunimos em particular, ele compartilhou comigo uma grande parte da sua história, e eu pude relacionar comigo muitas coisas do que ele disse. Ele começou a me passar pedaços pequenos de papel com uns escritos estranhos: "Rm 12:1, Fl 4:8, Rm 8:28." Como ele havia sido jogador profissional de futebol americano, achei que os papéis fossem a contagem dos *primeiros lances de cada jogada* de uma partida. Assim que viu a confusão nos meus olhos, ele me explicou o que era.

Voltei para casa e procurei os versículos na velha Bíblia do rei James, que tinha sido da minha mãe. Na Epístola aos Romanos, capítulo 12, versículo 1: "[...] apresenteis vossos corpos como um sacrifício vivo, sagrado e aceitável a Deus [...]"

Na Epístola aos Filipenses, capítulo 4, versículo 8: "Finalmente, irmãos, tudo que é verdadeiro, tudo que é honesto, tudo que é justo, tudo que é puro, tudo que há de amável, tudo que é de boa fama; se houver alguma virtude, e se houver algum louvor, pensai nessas coisas."

Novamente em Romanos, agora no capítulo 8, versículo 28: "E sabemos que todas as coisas concorrem para o bem daqueles que amam a Deus, daqueles que são chamados segundo seus desígnios."

De alguma maneira, isso fazia sentido para mim.

Na minha primeira reunião de grupo, sentei-me numa das cadeiras dispostas em círculo contra as paredes da sala sem janelas e assisti os outros pacientes entrarem arrastando os pés. Parecia um grupo razoavelmente normal. Um por vez, todos disseram os seus nomes e descreveram como estavam se sentindo naquele dia. Os conselheiros distribuíram uma lista de palavras alternativas a serem usadas para descrever os nossos sentimentos. Eu achava que "bom", "legal" e "ok" eram totalmente sem graça. Aparentemente, a lista aprovada de palavras era eficiente por ser tão simples. (Mas fiquei particularmente afeiçoado às palavras *cintilante* e *indistinto*).

Quando todos terminaram, o conselheiro virou-se para mim e perguntou:

— Então, Joe, você não quer nos dizer por que está aqui?

Ouvi palavras saírem da minha boca, palavras que nunca tinham vindo para fora antes.

— Acho que estou aqui para servir a todos vocês.

Dizer isso estava tão distante do meu temperamento; seria a mesma coisa que dizer que Hannibal Lecter era agora vegetariano. Não acho que algum dia eu tenha servido a alguém. Eu gostava de hotéis de luxo, de lençóis caros de algodão, com uma alta quantidade de fios, e dos serviços que acompanhavam as cinco estrelas. Eu não era alguém que pensasse nas necessidades das outras pessoas. Eu esperava ser servido. Essa era mais uma camada de pele que eu ia soltar nos meses seguintes.

***

Depois de algumas semanas de tratamento, os membros da família foram convidados a participar do programa, incluindo as crianças. As nossas filhas tinham dez e treze anos na época, e decidimos que não queríamos expô-las totalmente ao que estava acontecendo. Era importante para nós preservar a inocência da infância delas pelo maior tempo possível. Nós nos sentamos junto com elas e explicamos que o papai não estava se sentindo bem e ia passar um período cuidando da saúde. Eu achava que isso pudesse deixar uma marca na nossa filha de dez anos e talvez fosse devastador para ela.

— Meninas, vocês têm alguma pergunta que querem fazer para o papai ou para mim? — Carmen quis saber depois que acabamos. Fiz uma respiração profunda e fiquei aguardando perguntas que talvez fossem difíceis de responder. *Papai está louco? Ele vai nos abandonar?* A espécie de pergunta que corta o nosso coração porque ela é totalmente honesta.

Os grandes olhos castanhos da minha caçulinha ficaram tão arregalados, como eu nunca tinha visto, à medida que ela ia compreendendo tudo. Ela era uma flor tão delicada! Sem dúvida, a pessoa mais doce que conheci. Nesse instante, o seu lindo rosto estava sério. Imaginando as perguntas que ela faria e as feridas profundas que poderiam revelar, lutei para segurar as lágrimas.

— O que vai ter pro jantar? — Ela perguntou.

14. As Boas Novas

Eu nunca tinha me sentido tão vivo. O Sol estava mais brilhante. Os alimentos tinham um sabor melhor. Eu era capaz de fazer as coisas que planejara. Eu escutava, em vez de ficar pensando no que diria em seguida. Não sentia necessidade de preparar uma defesa para mim mesmo. Eu realmente ouvia o que as pessoas diziam e, como resultado, me sentia conectado. Estava presente para as pessoas que faziam parte da minha vida.

Eu sei que isso parece roteiro para uma propaganda. Mas era verdade e, se alguém pedisse para eu fazer um comercial para essa minha nova vida, eu faria. Algo tinha acontecido comigo, e eu observara-o de dentro para fora. Começara naquela noite em que a escuridão que eu conhecia havia tanto tempo foi substituída pela luz. Os meus vícios desapareceram num instante. Sem compulsões, sem desejos.

Foi — sem risinhos, por favor — um milagre. A minha bússola foi realinhada. Parei imediatamente de falar palavrões. Não era o caso de eu estar tentando conscientemente não praguejar; eram os palavrões que simplesmente não saíam mais pela minha boca. Até comecei a respeitar as leis de trânsito. Não conseguia mais correr! Antes, eu chegava aos 180 quilômetros por hora toda vez que ia para o escritório. Agora, se o semáforo assinalasse "proibido virar à direita no vermelho", então eu não virava à direita com a luz vermelha acesa!

O que estava acontecendo? Eu não sabia. Mas também não me importava. Era bom.

Do lado externo, a minha vida parecia naufragar. Eu estava de licença do trabalho. Os meus dias eram passados num hospital psiquiátrico. A minha esposa havia me visto sair do fundo do poço e não sabia o que pensar. Isso era o oposto de como as coisas se passavam apenas alguns meses antes, quando o exterior parecia tão perfeito e as minhas entranhas estavam cheias de vermes. Agora, pelo lado externo, parecia que eu era a própria confusão, enquanto, por dentro, eu estava tomado pela paz de Deus.

Eu era atraído a buscar o máximo de informações que pudesse encontrar sobre Deus e as questões espirituais. Peguei um livro que, havia muito tempo, vinha juntando pó na minha mesa de cabeceira: *The Purpose Driven Life* [O propósito conduz a vida], de Rick Warren. Tornou-se o meu livro guia. Terminei de lê-lo em dois dias, em vez dos quarenta dias recomendados. Reli-o várias vezes ao longo dos meses seguintes. Comprei a versão em áudio e ouvi-o vezes sem conta. Comecei a presentear exemplares para qualquer pessoa que aceitasse recebê-los de mim.

Naturalmente, as minhas filhas concluíram que os alienígenas tinham tomado conta do meu corpo. Elas estavam acostumadas com um sujeito legal que as deixava assistir a MTV, o *Saturday Night Live* e quase tudo que estava disponível na TV e *online*. Perturbou-as o fato de que, agora, eu estava policiando a sua programação de TV e as suas músicas, para evitar qualquer coisa prejudicial ou ofensiva. Se, para elas, eu estava agora mais presente e estável do que o antigo papai, por outro lado, elas não gostavam tanto assim do novo papai.

Permaneci no programa ambulatorial durante cinco semanas, com as bênçãos do meu chefe. Mas logo decidi que o hiato de cinco semanas no trabalho não era suficiente. Eu precisava de uma pausa maior. Decidi largar o emprego que estivera esperando por mim.

— O que é que você vai fazer? — Alguém do meu trabalho me perguntou antes de eu sair. — Quer dizer, para ganhar a vida?

— Não tenho a mínima ideia — respondi. — Mas tenho certeza de que Deus vai cuidar de nós.

— Uau! Você está realmente num bom lugar, não é? — Ele disse.

— Sim, estou — e era verdade.

Eu tinha apenas um objetivo naquele verão: *não* trabalhar. Claro que todos os tipos de pessoas lhe telefonam quando você não quer um emprego, e assim fui contatado por vários empresários, querendo que eu me unisse a eles. Um desses cavalheiros da mídia me ofereceu um canal para vaqueiros: "Só Cowboys, o Tempo Todo." Outro tinha uma ideia para um sistema de alerta de emergência, via celular. Um deles mostrou-me um dispositivo de viva voz em forma de um disco de hóquei no gelo.

Eu jamais fui bom em rejeitar ideias e oportunidades, mas agora estava determinado a reservar um tempo para descobrir por que a minha vida se transformara numa confusão tão grande. Não queria embarcar novamente numa competição insana. Queria permanecer no estado de paz e estabilidade que havia encontrado. Então disse "não" a todas as ofertas (apesar de ter simpatizado com a ideia do canal para vaqueiros).

Um dos requisitos para desligar-se do programa do hospital era um projeto por escrito. Você precisava mostrar a eles que conseguiria permanecer saudável fora das dependências hospitalares antes que fosse dispensado. Você também tinha de tomar as providências para continuar a terapia com um terapeuta externo. Por mim, eu permaneceria alegremente no programa por mais algumas semanas. Eu queria saber o máximo possível sobre os motivos que levam uma pessoa a derrapar e sair tanto da pista, e eles estavam distribuindo as respostas como doces no Halloween. Mas a cobertura do meu plano de saúde acabara, então eu tinha de ir embora, quer estivesse pronto ou não.

Embora tivesse sido um programa em regime ambulatorial, ser oficialmente desligado parecia-se como um retorno para casa. Significava um passo de volta à terra firme da Vida Real, o que era não só emocionante, mas também um pouco inquietante para mim.

Depois que deixei o programa, comecei a me tratar com uma terapeuta duas vezes por semana. Ela me pediu para escrever tudo que eu me lembrasse sobre os meus anos de crescimento. Ela queria que eu explorasse todos os cantos do meu coração e da minha mente que estivessem empoeirados, emparedados e cobertos com teias de aranha. Quando olhamos o material que preenchia as páginas, as lembranças eram quase que exclusivamente infelizes. Foi difícil para mim trazer à memória cenas felizes da infância, o que me deixou com raiva. A terapeuta me ensinou a ser paciente, a deixar que esses sentimentos me impregnassem, em vez de tentar mandá-los embora. Naturalmente, essa última opção tinha sido sempre o meu método habitual de lidar com a dor.

Algumas semanas antes, Joshua havia me dado uma Bíblia.

Chegamos a ter outras Bíblias em casa, mas, francamente, tinham sido apenas livros para encher a estante, nada que eu fosse abrir e ler, de fato.

Essa era diferente. Quando Joshua entregou-a em minhas mãos, eu a segurei como se fosse um homem prestes a se afogar tentando alcançar um colete salva-vidas. Essa foi a primeira Bíblia a que dei valor. Ela chamou o meu nome. Era Deus, dizendo: "Joe, aqui estou."

Joshua havia me tomado sob as suas asas. Agora, eu me espanto ao lembrar a quantidade de tempo que ele passou comigo; em primeiro lugar, quando eu estava no hospital; mais tarde, durante as primeiras semanas e meses da minha nova vida. Ele reorganizou a sua agenda para que pudesse estar ao meu lado em algumas noites da semana.

Juntos, nós líamos as Escrituras, então eu tentava perceber o sentido e, em seguida, Joshua me explicava o texto. Eu não fazia ideia do que ele estava falando na maioria das vezes. Ele saltava de um livro para o outro. Eu não entendia por que não líamos simplesmente do começo ao fim.

Apesar da minha ignorância, Joshua era infinitamente paciente, e a sua silenciosa paixão conduziu-me até a presença de Deus, através de Sua Palavra. Ninguém nunca vai me convencer de que os anjos não existem. Joshua era um deles. Eu me sentia tão bem por poder passar um tempo com ele, por conversarmos sobre Deus e por experimentar verdades surpreendentes contidas numa Bíblia que me parecia ter sido escrita para mim.

15. Noticiários da TV

A HISTÓRIA — ou partes da história — dos pescadores chegou às agências de notícias no dia 16 de agosto de 2006 e, num instante, já viajava ao redor do planeta.

Uma das agências mais antigas do mundo, a Reuters, estava entre as primeiras organizações a relatar o resgate. Ela especulou que talvez os três pescadores tivessem ficado perdidos durante quase um ano. Também se referiu a relatórios anteriores que sugeriam que os pescadores tinham ficado perdidos por cerca de três meses. A Reuters explicou que alguns fatos permaneciam incompletos por causa da dificuldade de comunicação entre os mexicanos e a tripulação taiwanesa que os resgatara. Os jornais *China Daily* e *Taiwan Journal* publicaram a notícia e acrescentaram uma comparação familiar, chamando-a de uma história de *Robinson Crusoé* do século XXI.

A partir do momento em que chegou às agências de notícias, a história foi adquirida em rápida sucessão pelas redes de TV BBC, ABC, NBC, CBS, FOX e dezenas de outras estações, inclusive a ESPN. A MSNBC citou as seguintes palavras de Jesús: "Nós nunca perdemos a esperança porque existe um Deus lá no alto."[2] A história chegou até a revista cristã evangélica *Christianity Today*, onde foram citadas estas palavras de Jesús: "Nós passamos a maior parte do tempo principalmente lendo a Bíblia… pescando e rezando. Deus realmente nos ajudou, senão a gente não tinha resistido no mar por tanto tempo."[3]

O Conselho de Bispos do México afirmou que a fé dos pescadores era um excelente exemplo para as outras pessoas.

Todas as principais agências de notícias do México mandaram imediatamente os seus representantes para o Pacífico Sul. Cada um queria ser o primeiro a falar com os homens. Vários repórteres alugaram pequenos barcos e saíram ao mar ao encontro do navio de resgate, enquanto ele ainda fazia sua viagem rumo ao porto. Alcançaram-no depois de cerca de uma hora. Os homens estavam em pé no convés do *Koos 102*, mirrados e queimados de sol, com a pele do rosto descamando.

Depois do que pareceu uma eternidade, a traineira taiwanesa chegou à cidade portuária de Majuro. Majuro pertence às ilhas Marshall, ao leste das Filipinas, norte da Nova Zelândia e sudoeste do Havaí. Em resumo, não fica perto de lugar algum, apenas no meio do imenso Pacífico.

Com roupas emprestadas, os homens permaneciam no convés da traineira, à medida que ela entrava devagar no porto. Com o seu fiel relógio Casio ainda no pulso, Lucio usava uma blusa preta de mangas longas, um boné preto de beisebol e uma calça de moletom. Jesús mantinha-se confiante, com um conjunto preto de moletom e uma camiseta esportiva vermelho–escuro da Reebok, de manga curta e com o logotipo do time de basquete Sacramento Kings no peito. Salvador parecia vestido de modo casual para ir ao trabalho numa sexta-feira, com uma camisa bege de mangas curtas, ao estilo Tommy Bahama, e calças pretas.

Apesar das roupas emprestadas, os homens ostentavam as marcas de quem sobreviveu a uma experiência de vida ou morte. Estavam tão fracos, que, quando olhavam para longe, precisavam suspender os braços, por impulso, a fim de proteger os olhos ressecados pelo sol. Eles se mostravam solenes, conforme a realidade da sua sobrevivência parecia entrar em suas mentes. Logo ouviram uma língua familiar, proveniente dos repórteres que faziam perguntas aos gritos, e um sorriso apareceu no rosto de cada um deles.

Enquanto ainda estavam a bordo do navio, os pescadores foram cumprimentados com um aperto de mão por uma mulher que era uma espécie de chefe de cerimonial. Ela presenteou cada um deles com uma coroa de flores, nas cores da bandeira mexicana, como um gesto de felicitação e de boas-vindas. Houve festas no porto, já que as notícias da provação e do resgate dos pescadores haviam precedido a sua chegada; assim como soldados que regressam do campo de batalha, eles tinham sobrevivido.

Finalmente, os pescadores desembarcaram com dificuldade da traineira. Os seus pés estavam tão inchados que não conseguiam usar sapatos. Descalços, desceram cautelosamente pela prancha até o cais, colocando os pés em terra firme pela primeira vez em dez meses.

Imediatamente, a mídia — com câmeras de TV, tripés, hastes de apoio, microfones manuais e gravadores — começou a correr na direção deles. Um repórter tinha conseguido uma foto da filhinha de Jesús, nascida quando ele ainda estava no mar. A foto passou pelas mãos dos outros repórteres até ser mostrada a Jesús. Ele se sentiu sufocado pelas lágrimas. O repórter que fornecera a foto olhou para trás para se certificar de que o seu cinegrafista havia capturado o momento.

Alguém entregou um telefone celular para Lucio; dentro de segundos, ele estava conversando com a sua família. Falou com Panchita, a sua avó de 80 anos, cuja fé tinha permanecido inabalável. Quando ouviu a voz dele na outra extremidade, ela teve certeza: as suas constantes orações haviam sido atendidas.

Os homens receberam ajuda até entrarem pela porta traseira de uma ambulância, que partiu em direção a um centro médico onde eles seriam examinados.

As autoridades de Majuro e os membros da embaixada mexicana na Nova Zelândia trabalharam diligentemente em todos os detalhes do retorno dos pescadores para o México; mas, mesmo assim, a viagem iria demorar algum tempo. Portanto, os pescadores teriam de permanecer em Majuro por alguns dias. Enquanto isso, eles reaprendiam a andar em terra firme. Foram tratados de modo gentil pelos moradores e sentiram dentro de si uma humildade genuína perante a generosidade das pessoas. Receberam roupas e lhes foram oferecidas refeições. Os funcionários do hotel e do restaurante sentiram-se honrados por poder servi-los.

Ainda era estranho para eles consumir alguma outra coisa que não fosse peixe e sangue. Mas logo começaram a apreciar os frutos da civilização. Em terra, um dos primeiros jantares que foram servidos para os pescadores foi composto por *cheeseburger*, Coca-Cola e, de sobremesa, bolo de chocolate com sorvete de baunilha. Essa era, na verdade, a refeição sobre a qual eles tinham fantasiado quando estavam no mar. Melhor do que o cheiro de panquecas e de cigarros. Foi como experimentar uma nova sensação, à medida que suas papilas gustativas se reativavam depois de quase um ano de sangue de tartaruga e da difícil mastigação da carne crua.

Seria o início de um novo tipo de fome para cada um dos homens, uma fome que poucos conseguem realmente compreender — muito semelhante à situação de um prisioneiro de guerra. A atrofia do organismo, resultante da falta de nutrição adequada, exercícios e cuidados médicos, é uma ocorrência comum nos prisioneiros de guerra. A vista começa a enfraquecer e várias doenças — como escorbuto, beribéri, diarreia — se instalam.

Durante a sua odisseia, o apetite dos homens diminuiu a um ponto tal, que bastava muito pouco para aplacar as dores da fome. Mas, de volta à terra e com tantas opções e tamanha quantidade de comida disponível, eles comiam como se nunca mais fossem comer na vida. Para eles, era compreensível, mas para aqueles de nós que observavam como se dava esse preencher do vazio interior, tal comportamento nos enfeitiçava rapidamente.

Não se perguntou aos homens quais seriam os seus destinos quando retornassem ao México, pois as autoridades, ao tomarem as providências sobre as viagens, assumiram que cada um deles seria enviado para aquela que era considerada a sua cidade natal.

O local de nascimento de Salvador era Oaxaca. Oaxaca é um estado no centro-sul do México, perto da Guatemala. O seu nome provém da árvore *guaje*. Durante os anos 1970 e 1980, o *guaje* foi promovido a uma "árvore milagrosa" por causa dos seus múltiplos usos, tais como madeira dura para pisos, para pingentes de colares e como vegetal para o consumo humano. Oaxaca também era um viveiro de atividade política; pouco antes de os homens serem resgatados, foi o local de uma revolta contra as eleições presidenciais. (Mais tarde, o resgate dos pescadores faria parte da intriga que cercava a altamente controversa corrida política.)

Mas Salvador não vivia mais em Oaxaca havia um longo tempo. Embora fosse a sua cidade de nascimento, o local onde ele tinha passado a maior parte da sua infância ficava a dezesseis horas a sudeste de lá. Tinham decorrido décadas desde que ele vira pela última vez alguns parentes que moravam lá. Ninguém em Oaxaca o conhecia.

Seria muito diferente para Lucio, cuja cidade natal era a pequena vila de El Limon, perto de San Blas, onde uma enorme festa já estava sendo planejada. Na verdade, todas as vilas e cidades vizinhas foram sendo avisadas de que Lucio Rendon, da vila próxima de El Limon, era um dos heróis prestes a retornar, conhecidos como *los tres pescadores*, e que uma festa para toda a região aconteceria em San Blas, assim que eles recebessem Lucio de volta.

Um evento igualmente grande estava sendo programado para a chegada de Jesús no aeroporto de Culiacán, a noventa minutos ao nordeste de sua pequena vila de Las Arenitas. Ele havia deixado para trás os pais, irmãos, a jovem esposa grávida e o filho de três anos. Todos tinham ficado agoniados com o seu desaparecimento, chegando finalmente à conclusão de que ele partira para sempre. Tinham feito o seu enterro e lhe dado adeus.

Agora, ele ia retornar, milagrosamente.

⁓

Claro que, em Majuro, os pescadores não tinham conhecimento do que estava sendo programado. Esperavam nervosos os seus voos de regresso para casa. Os repórteres pareciam insaciáveis. Câmeras seguiam cada movimento que os pescadores faziam, pairando ao redor deles em todos os momentos possíveis. Os pescadores não se importavam; simplesmente, estavam felizes por estar em algum lugar que não fosse o Pacífico. Fizeram vários novos amigos de fala espanhola, na maior parte pertencente à mídia.

Antes, na traineira taiwanesa, eles não tinham conversado com ninguém. Nenhum dos membros da tripulação falava espanhol. Os pescadores nunca chegaram a dizer para alguém a bordo que haviam partido do México, com uma tripulação de cinco pessoas. Agora, quando isso foi mencionado na presença de seus novos amigos de língua espanhola, os queixos caíram. Os pescadores não perceberam.

Eles permitiram que as autoridades tomassem conta de toda a logística. Nenhum dos pescadores havia viajado antes para fora do México, e agora estavam do outro lado do mundo, tentando voltar para casa. Assim que as passagens foram providenciadas, embalaram as poucas posses que tinham recebido de presente a bordo do navio de resgate e em Majuro.

Apenas dois itens pessoais sobreviveram à sua provação no Pacífico. Lucio prendeu no pulso o seu relógio Casio. E Salvador pegou cuidadosamente a sua Bíblia, envolveu-a em uma toalha e colocou-a dentro de um saco plástico Ziploc.

16. Paz e Sofrimento

Assim que Joshua e eu nos sentamos, certa noite, no mesmo restaurante onde ele tinha rezado por mim, eu me curvei sobre a mesa.

— Todas as pessoas que conhecem Deus têm esse sentimento? — Sussurrei. — Se têm, por que não estão falando sobre ele para os outros? Porque, estou só avisando, isso é inacreditável!

O "sentimento", como eu o chamava, era muito claro e límpido. Eu nunca havia experimentado algo parecido. Nenhum dos meus estados de euforia provocados pelos medicamentos chegou sequer perto. Ele era incontaminado, quase cintilante, e eu sentia que estava ligado de alguma maneira a algo sobrenatural ou supernatural. O meu corpo exigia menos sono e eu saía da cama de manhã bem cedo, muito antes do nascer do Sol, na esperança de que mais coisas fossem reveladas a cada dia. Eu não tinha preocupações acerca do ano seguinte, do mês seguinte ou mesmo da semana seguinte. Eu vivia momento a momento, e estava adorando.

— Você é um sujeito de sorte — disse Joshua, rindo. — Relaxe e aproveite. A maioria das pessoas nunca vai sentir isso.

E eu segui o conselho. Certamente, ajudou o fato de estar sem emprego. Nenhuma competição insana na qual precisasse mergulhar de novo. Melhor do que umas férias (afinal, eu sempre passei as férias pensando no trabalho), esse intervalo de tempo foi para mim de paralização total, e me trouxe a oportunidade de respirar, rir e enxergar a vida de uma maneira totalmente nova.

E assim, nesse verão, relaxei e aproveitei. Sentia alegria de um modo que nunca sentira antes. Sei como isso soa estranho para os outros. Antes, eu não tinha condições de compreender o conceito de alegria, e mal sabia o que ela realmente significava. Antes, quando ouvia outras pessoas dizerem o que eu estava dizendo agora, eu desdenhava e encarava tudo como uma conversa espiritual piegas. Mas *essa* experiência era real. Era como o barato que sentimos depois de um treinamento físico intenso ou de uma estimulante corrida matinal, embora essa experiência de agora não se relacionasse a endorfinas; relacionava-se a substâncias fabricadas de modo muito menos artificial. Era sobre uma libertação espiritual real e verdadeira, a química da graça de Deus, a qual substituía as minhas insaciáveis necessidades e impulsos por Sua "suficiência".

Claro, uma das grandes questões era o que Carmen faria comigo?

Em primeiro lugar, o meu novo relacionamento com Deus lembrava a ela todas as outras experiências pelas quais eu havia passado. Ela tinha todo o direito de estar cética. Tenho certeza de que ela estava com medo de que essa transformação espiritual fosse apenas mais um dos meus caprichos passageiros, tais como os sucos ou a dieta de South Beach, ou a maratona que decidi correr embora nunca tivesse participado antes de qualquer tipo de corrida. Ela deve ter recordado a vez em que encomendei, via *online*, cem caixas de chá verde porque achei que não estaria à venda nas lojas. Portanto, como eu tinha um histórico, a "transformação espiritual" deve ter parecido a ela mais um dos episódios de uma série de episódios decepcionantes. Afinal, ela nunca havia observado uma conversão como essa. A única exibição que qualquer um de nós assistira sobre esse tema tinha sido a de um pregador da TV batendo na cabeça de um pobre rapaz e gritando: "Você está curado!"

Mas, embora tivesse dúvidas justificáveis, ela foi fiel a mim, talvez esperançosa de que essa minha busca mais recente fosse algo diferente, maior e verdadeiro. Ela me deu uma oportunidade, e lhe serei eternamente grato por isso.

Ser capaz de enxergar a minha vida através de um novo olhar foi o que provocou em mim culpa e tristeza. Agora, eu podia ver claramente quantas coisas havia perdido.

Estava apenas começando a entender os sacrifícios enormes que Carmen fizera ao longo do nosso casamento. Ela havia realizado tudo sozinha, e não estou falando de arrumar camas e amarrar fitas de cabelo. Ela vinha carregando a nossa família nas costas havia anos, inventando desculpas para os amigos a fim de justificar o meu comportamento excêntrico, polindo a superfície das nossas vidas que eram vistas pelo mundo, atenuando a dor que eu causava. Partiu o meu coração pensar que, para todos os efeitos, ela estivera sozinha durante quinze anos. Percebo agora que Carmen e eu não somos absolutamente únicos nessa questão; muitos casamentos são assim.

Era chegada a hora de eu me tornar o marido que ela merecia e o homem que Deus queria que eu fosse. Eu sabia que não bastava professar uma completa transformação e falar de milagres durante o dia todo, pois a única maneira de convencer Carmen que eu mudara era mostrar-lhe um novo homem. Não rezei a Deus para Ele mudá-*la*; ao contrário, rezei a Deus para que *me* mudasse. Voltamos a procurar um terapeuta que havíamos consultado antes e começamos a *nos* tratar.

Para mim, a parte chocante era que, em todos esses anos, eu não tinha enxergado nada nem ninguém ao meu redor. Estive focado naquilo que havia à minha frente. Pensei que podia continuar perseguindo o sucesso até — bem, não fazia ideia de até quando. Mas tinha certeza de que não ia diminuir a marcha a fim de calculá-lo. O autoengano consistia em eu achar que podia fazer tudo funcionar. Penso que a maioria dos homens tem dentro de si esse ponto cego.

Nós criamos a nossa própria verdade.

A minha verdade tinha sido eu. Enquanto eu pudesse fazer o que esperavam que fizesse, tudo estaria bem. Mas então as coisas pararam de funcionar. A minha verdade parou de funcionar. De repente, eu não conseguia mais fazer o que esperavam de mim, e deixei de ter utilidade.

Com toda a minha vida e identidade vinculadas ao meu trabalho e a quem eu conhecia e ao que possuía, não existia nenhuma base sólida onde me firmar. Eu havia construído a minha vida sobre um alicerce da carne — eu mesmo — e amontoado sobre ele todas as coisas que adquirira. No final, não consegui suportar o peso de tudo isso e a minha vida se desintegrou como um castelo de areia. E, então, tudo aquilo que eu possuía desmoronou, formando uma pilha de coisas inúteis.

Entristeceu-me o fato de eu ter estado ausente de um modo ou outro em tantos momentos importantes da vida das minhas filhas. Eu havia acreditado piamente na mentira "as crianças são resilientes"; eu achava que podia ocultar os meus comportamentos e compensar o tempo que ficava afastado com presentes trazidos de cada viagem. Eu utilizava a velha racionalização do "tempo de qualidade". No que se referia à bebida, usava o velho ditado "faça o que eu digo, não faça o que eu faço". Agora entendo melhor. Nada compensa o fato de não ter estado presente.

O impacto das minhas escolhas se revelou quando a minha filha mais velha me escreveu uma carta dizendo como tinha sido importante para ela o fato de eu estar sóbrio. Ela viajara para um retiro religioso de alunos do ensino médio, em que os jovens foram convidados a escrever sobre algo especial ou significativo em suas vidas. Enquanto os outros jovens escreveram sobre os seus animais de estimação ou sobre quando ganharam o primeiro celular, a minha filha escreveu um ensaio de cortar o coração sobre a agonia e tristeza que eu representava para ela, sobre como eu tinha ficado alheio ao que o meu alcoolismo infligira à sua jovem vida. Ela descreveu como ficava apavorada quando eu estava bêbado, e então como ficara feliz quando eu parei de beber. Ela chamou-a de a coisa mais importante que aconteceu em sua vida.

Para mim, essa foi uma experiência dolorosamente agridoce. Senti alegria porque ela estava me aceitando pelo fato de eu estar sóbrio agora. Também senti tristeza por saber que a minha menina tinha um retrato anterior de mim sobre a cornija da lareira da sua memória. Nada mais tem importância depois que você machucou a sua própria filha — e nem sequer soube disso.

17. O Verão de Joe

Esse foi o "verão de Joe".

Terminei de ler a Bíblia pela primeira vez. O livro todo. O meu novo desejo ardente era um conhecimento e uma compreensão mais profundos dessa nova vida, e não li mais nada, a não ser a Palavra de Deus. Eu a lia todos os dias. Comecei na primeira página e li palavra por palavra até a última capa, como se estivesse lendo um livro comum. Então consegui uma versão diferente e lia-a também. Depois, outra. De algum modo, ela estava me alimentando.

Durante a minha leitura, deparei-me com uma passagem que veio ao meu encontro. Foi no livro de Ezequiel. A expressão "firme na brecha" atingiu os meus olhos, a minha mente e o meu coração numa fração de segundo, e ela falou comigo. Levou-me a anotá-la e a me comprometer a também ficar firme na brecha de algum modo. Eu não estava bem certo do seu significado, portanto guardei a anotação num canto escondido da mesinha de cabeceira e não lhe dei mais atenção.

Ingressei num grupo de estudos da Bíblia, composto por homens do meu bairro. Lembrei-me de que, nos últimos dois anos, eles me mandaram e-mails a cada quinze dias, com um convite para participar do grupo. Agora, em vez de apagar o e-mail, eu o respondi.

Nas reuniões comecei a me revelar de uma maneira que nunca usara antes. De início pareceu embaraçosa, mas se mostrou incrivelmente libertadora. A minha história pessoal gotejava aos pouquinhos, até que um dia o líder do grupo de estudos me incentivou diretamente:

— Conte-nos o que aconteceu.

De início, eu estava bastante resistente e nervoso; depois relaxei. Os homens não costumam falar dessa maneira entre si. O nosso campo invisível de força detecta quaisquer emoções que entrem e saiam, e liquida-as instantaneamente. Mas esse parecia ser um grupo diferente. Ele me acolheu abertamente, a despeito do que eu tivesse feito e sofrido.

Descobri que todos têm uma história.

Um dos colegas do grupo convidou-nos, Carmen e eu, para participar de um evento, juntamente com ele e a esposa. Seria no sábado à noite numa igreja nova, localizada num antigo armazém. A ideia soou estranha, mas, como gostávamos do casal, resolvemos ir assim mesmo. Nessa noite, nós nos encontramos em meio a um show de variedades. Havia uma banda que tocava músicas dos anos 1980, uma trupe que representava curtas cenas cômicas e uma abundância de *brownies*. Nós nos sentamos numa das cinquenta mesas grandes e redondas, ouvimos tudo e rimos. Eu nunca tinha passado por uma experiência igual a essa numa igreja, portanto decidi voltar no dia seguinte para o serviço dominical.

À luz do dia, notei uma placa simples no prédio: Igreja Buckhead. Entrei, algumas pessoas me cumprimentaram e deslizei por entre uma das fileiras de assentos — não de bancos de igreja —, no mesmo salão que, na noite anterior, tinha sido o equivalente a uma casa de espetáculos. Mas agora estava transformado num teatro gigantesco e, ao mesmo tempo, escuro. O serviço começou com outra banda incrível, tocando mais alto do que a da noite anterior. Parecia um concerto de *rock*, e acho que cheguei a ver um pouco de fumaça e luzes estroboscópicas. Quando a música terminou, eu estava crente que ia ver pessoas balançando isqueiros acesos sobre as cabeças. Em vez disso, um assistente passou um prato para receber as doações e avisou que os novatos não deveriam contribuir.

Pensei: *Uau. Este é o meu tipo de igreja — rock como música e nenhuma pressão para doar dinheiro.* Em seguida, uma tela enorme de cinema desceu sobre o centro do palco e começou a passar um sermão (o pastor estava sendo transmitido de outro local). Sua mensagem foi impressionante. Eu estava sentado dentro de uma igreja "*rock and roll* & cinema" — e gostei.

Se "o verão de Joe" significou para Deus que Ele estava finalmente recebendo a minha atenção, significou para Carmen e as meninas que elas tinham, completa e plenamente, a minha presença, talvez pela primeira vez na vida.

Passamos muitos dos finais de semana desse verão na beira de um lago que ficava a noventa minutos da nossa casa. Os pais de Carmen haviam se deparado com um negócio vantajoso e compraram o chalé como investimento. Nós gostamos tanto dele, que compramos a nossa própria casa à beira do lago, a uma distância de cem metros. Praticamos esportes aquáticos; as meninas aprenderam a andar de *wakeboard*; jogamos juntos golfe e tênis; lemos livros. Nós vivemos.

E dentre todas as boas atividades que desfrutei ao lado de Carmen e das crianças durante o verão de Joe, houve algo que amei acima de tudo: rezar, entrar sozinho no lago e ouvir Deus.

O chalé se tornou o nosso refúgio, um lugar onde estávamos apenas nós, juntos. O tempo que passamos lá, especialmente porque ficávamos muito próximos uns dos outros no barco ou no chalé, foi para mim o céu na terra. Nunca imaginei que pudesse recuperar o tempo perdido, mas tinha chegado a hora, com elas.

Finalmente, eu tinha voltado para casa.

18. *Dichos de Mi Madre*

Um bom amigo me telefonou dizendo que havia algumas pessoas que ele achava que eu deveria conhecer.

Um grupo estava desenvolvendo, para o setor editorial, um produto voltado para toda a família, e procurava alguém com a minha experiência de mídia. Embora eu não soubesse muito sobre o mercado editorial, a ideia de criar livros me deixou curioso. E assim, nós nos sentamos e conversamos.

Depois de várias reuniões, eu me vi aceitando uma posição na distribuição.

De muitas maneiras, isso não fazia sentido. Era um empreendimento bastante nobre, mas não era realmente o meu negócio. "Distribuição de mídia" soava como algo que se encaixava muito bem na minha experiência anterior, mas, na verdade, era um mundo completamente diferente. O meu negócio tinha sido licenciamento de imagens de TV; o de agora era publicação. Além disso, essa era uma operação que estava começando e, apesar de gostar de alguns aspectos do "pequeno", eu estava acostumado com o tamanho, a influência e os recursos das grandes corporações de mídia. E mais, eu não conhecia nada sobre recursos e materiais educativos para crianças.

Francamente, eu não tinha certeza por que dissera "sim" para o emprego. Mas, na verdade, tinha. E agora sei por quê.

Seria lá que eu encontraria alguém que, inesperadamente, iria mudar a minha vida — de novo.

C━━━

Um velho amigo, que eu conhecia dos tempos da TV, ligou-me para dizer que havia alguém com quem eu deveria falar; uma mulher com um projeto de livro infantil.

O seu nome era Victoria. Ela era mais velha (embora não desse para eu dizer quão mais velha), com cabelos prateados, tinha 1,5 metro de altura e pesava menos de 45 quilos. Era judia e tinha sido criada em Bogotá, na Colômbia. O seu falecido marido fora um alto executivo da Coca-Cola e antes de morrer, no ano anterior, ele havia escrito um livro que Victoria queria que publicássemos.

Gostei da vivacidade de Victoria; mas também me senti atraído por alguma coisa a mais relacionada a ela. Quando cada reunião se encerrava, todos, menos Victoria e eu, deixavam a sala. Então nos sentávamos e conversávamos, e eu amava a sua bonita veneração quando ela falava de Deus.

Nós, da editora, achamos que a proposta original do livro que ela nos apresentou não era adequada, mas gostamos da segunda ideia que ela mencionou: *Dichos de Mi Madre*. "Os ditos de minha mãe." Seria um livrinho-presente, com cerca de 300 ditos populares em espanhol, voltado para o público latino. Victoria encarava o livro como uma dádiva que poderia ser transmitida de uma geração para a seguinte; representava o seu pequeno esforço para manter viva uma parte da sua cultura. Nós o encaramos como algo que poderia nos abrir mais facilmente uma porta para esse mercado, algo capaz de ser expandido também para outras línguas. Acrescentei o meu "sim" à pilha de outros "sins", e concordamos em partir para a publicação.

Agora, eu sei que as coisas não "acontecem por acaso", mas, quando estamos em meio a elas, nem sempre percebemos o que está realmente ocorrendo e por quê.

Aconteceu durante uma das reuniões subsequentes com Victoria. A discussão de negócios havia terminado e o restante da equipe tinha deixado a sala de conferência. Ela e eu estávamos conversando sobre Deus e o Seu povo. Como de costume, fiquei fascinado não só pelo conteúdo da conversa, mas também pela profunda espiritualidade de Victoria.

Como nós dois precisávamos ir embora para atender outros compromissos, dissemos adeus e até a próxima reunião. Mas conforme passava pela porta da sala de conferência, Victoria fez uma pausa, deu meia-volta e disse:

— Joe, você já ouviu falar dos pescadores mexicanos?

Não soou nenhum sino na minha cabeça.

— Três pescadores mexicanos acabaram de ser resgatados perto da Austrália depois de andarem à deriva por dez mil quilômetros numa pequena embarcação durante quase dez meses. É uma história surpreendente.

Penso que a minha mente já tinha migrado para outros assuntos que eu precisava resolver. Apenas olhei para ela de modo inexpressivo. Eu não estava entendendo.

Ela continuou:

— Eles disseram que sobreviveram à base de peixe cru, de água de chuva... e de sua *fé em Deus*.

Comecei a me sintonizar.

— E, Joe, no barco, o objeto que sobreviveu à tempestade foi um livro — uma Bíblia. O fato é que eles a leram vezes sem conta.

Ela tinha a minha total atenção agora.

— Eu assisti no canal Univision ontem à noite — disse ela. — Pegue as informações no computador, se desejar.

Eu me desloquei até um dos computadores e pesquisei no Google, enquanto Victoria observava da porta. Encontrei um *link* e vi a história: três homens resgatados no mar. Li a citação sobre o peixe cru e a fé.

— Não é uma história espantosa, Joe? — Victoria perguntou.

Concordei, embora não estivesse realmente lhe respondendo. Algo sobre a história já estava ressoando dentro de mim. Eu sabia que voltaria a ela mais tarde e leria mais sobre os sujeitos que ficaram perdidos, sustentados pelas palavras de uma Bíblia, e então foram resgatados depois de um longo tempo à deriva.

Mas, por agora, eu tinha outras coisas para fazer. Levantei-me e comecei a me dirigir ao meu escritório, mas Victoria não me deixou prosseguir. Ela foi direto ao ponto.

— Você acha que pode obtê-la, Joe? Você pode obter a história?

Fosse qual fosse o meu interesse pessoal no martírio dos pescadores, eu não me via indo atrás da história como uma proposta de negócio.

— Victoria — eu disse, — todo mundo vai estar atrás dessa história.

Ela não se deixava desanimar.

— Seria uma grande história para se publicar, Joe. — Ela fez uma pausa e depois prosseguiu: — O meu sobrinho poderia ajudá-lo. Ele mora na Cidade do México. É muito parecido com você, Joe, um verdadeiro empreendedor. E é muito religioso. Posso passar os seus contatos para o meu sobrinho?

Sinceramente, eu já estava de saída.

— Claro — respondi, concordando.

Com isso, Victoria saiu do escritório. Eu tinha certeza de que não ouviria nunca mais qualquer palavra sobre os pescadores.

19. Contracorrente

Carmen e eu havíamos planejado ir até o lago nesse fim de semana. O verão estava quase acabando, e nós queríamos uma última alegre reunião familiar antes que a loucura do ano escolar das meninas começasse. Como queríamos partir na sexta-feira por volta do meio-dia, eu acumulei na parte da manhã o trabalho de um dia inteiro e consegui terminar tudo às 11h30.

Logo antes de eu sair, Victoria ligou. O seu sobrinho Eli estava planejando viajar da Cidade do México até San Blas, o porto do qual os pescadores partiram em outubro de 2005. Era uma viagem de onze horas, mas Victoria disse que ele entraria em contato quando chegasse lá.

Entrar em contato? Eu não via realmente qual era o meu papel. Será que eu havia indicado a ela que estava tão interessado?

Carmen dirigiu e, assim, eu pude adiantar um pouco o trabalho no meu computador. Ainda no carro, recebi um e-mail de Eli. Ele tentava compreender a história dos pescadores e queria saber o que dizer se encontrasse algum dos sobreviventes ou alguns membros das famílias em San Blas.

Como um favor a Victoria, respondi ao e-mail de Eli com algumas ideias minhas sobre a história. A minha primeira impressão tinha sido de que a história era realmente milagrosa, se de fato fosse verdadeira. Eu escrevi que, se fosse uma história sobre a fé, ele devia perseguir esse ângulo. "Se ela vier a inspirar as pessoas", eu escrevi, "seria muito bom". O mundo precisava disso.

Assim que chegamos ao lago, eu me esqueci dos pescadores pelo resto do dia.

Havíamos convidado alguns amigos para nos visitarem. O filho deles de oito anos tinha o apelido de Smackers. Pegamos o barco, atiramos Smackers e as minhas filhas num objeto inflável em forma de uma fatia de pizza gigante, e fizemos o melhor possível para mantê-los flutuando. Depois de algumas horas de batidas de seus corpos contra as ondas, voltamos para a margem, tomamos banho, jogamos alguns hambúrgueres na grelha e relaxamos.

Mais tarde, nós jogamos golfe-monstro, com imensos tacos plásticos e uma bola do tamanho de uma pequena abóbora. Então nos acomodamos e jogamos jogos de tabuleiro tais como Sorry!, Candy Land, Operation e Twister.

Essa era a minha vida nova, e adorei-a.

Na manhã seguinte, pegamos o barco outra vez e fomos através da água até um clube de tênis à margem do lago, com piscina, tobogã aquático e sala de ginástica. Carmen e eu fomos para a academia, enquanto as crianças nadavam.

Conforme eu me exercitava, a minha mente se voltou novamente para os pescadores. Existia algo intrigante nessa história, mas eu não conseguia apontar o que era. Não havia um negócio em vista. A história realmente não se ajustava à nossa linha editorial. Mesmo assim, eu tinha a estranha sensação de que, de alguma maneira, ela se ajustava a *mim*. Ao menos, que eu precisava ler mais sobre ela.

Quando terminei o treino, perguntei ao recepcionista se podia usar o computador. Mais uma vez pesquisei sobre a história dos pescadores. Todas as primeiras páginas dos resultados das pesquisas estavam agora preenchidas com manchetes de todo o mundo. A história havia se espalhado.

Antes do jantar, naquela noite, acessei o meu *laptop*. Agora havia três páginas de artigos. Rapidamente, tornara-se uma notícia global.

Na volta para casa, no dia seguinte, recebi outro e-mail de Eli. O seu pai lhe dissera que era demasiado perigoso viajar sozinho de carro através do México. Portanto, ele não faria a viagem até San Blas.

Assim como eu não entendia por que tinha aceitado um emprego na área editorial, esse último desdobramento arrastou-me de um modo que eu não conseguia explicar. Era um puxão, tal como o de uma contracorrente submarina. Algo acontecia dentro de mim, conforme conhecia mais sobre os pescadores e sobre a história notável que agora explodia na mídia. Eu sabia que esse caso não fazia sentido para mim, mas, mesmo tentando mantê-lo distante, ele continuava consumindo os meus pensamentos.

Dessa vez era diferente de épocas passadas, quando eu agia impulsiva ou compulsivamente, sendo que muitas vezes de modo irracional. Agora, eu pisava em terreno sólido, e estava sóbrio, estável e mais bem enraizado espiritualmente do que em qualquer outro momento. De alguma maneira, esse caso que não fazia sentido começou a parecer precisamente a coisa certa a ser feita.

Mas isso não significava que parecia ser a coisa certa para as outras pessoas da minha vida.

20. Planos

Naquela noite depois de chegarmos em casa, Carmen me procurou para confirmar que a programação das meninas para a semana seguinte estava ao meu encargo. Essa semana seria uma das seis semanas por ano que ela trabalhava no centro comercial. O que significava, para ela, sete dias corridos, de doze horas cada, e eu conseguia geralmente reorganizar a minha agenda para ajudar nas caronas solidárias e nas refeições das meninas.

— Você vai conseguir dividir comigo as tarefas desta semana, não é? — Ela perguntou. — Vou ficar no centro comercial até domingo.

Ela não estava esperando a minha resposta. *Eu* não estava esperando a minha resposta. A resposta simplesmente saiu:

— Você sabe de uma coisa, querida? Acho que não vou estar aqui para cuidar disso.

Ela me lançou um olhar de esguelha.

— O quê? Você não vai estar aqui? Nós conversamos sobre isso. Para onde você está indo?

— Acho que tenho que ir para o México.

Não havia como negar. A história, que poucos dias antes parecera tão estranha e artificial, tinha começado a ocupar um espaço no meu coração. Era como se a decisão já tivesse sido tomada e eu simplesmente embarcasse nela. Talvez seja assim que funcionam os chamados de Deus, pelo menos para mim.

Carmen pendeu a cabeça para o outro lado, cerrou as mandíbulas e franziu as sobrancelhas. Carmen nunca explode; ela espuma de raiva. Aperta os dentes até triturar algumas camadas de esmalte. Então, ela deixa escapar. É preciso muita coisa para levá-la a esse ponto, mas eu sei que precisa ainda mais força para que ela mantenha a sua raiva reprimida. Ela tinha muitos anos de prática, de acordar todas as manhãs e se perguntar: *O que o meu marido vai aprontar hoje*? Ou: *Qual bagunça eu vou ter que limpar agora*?

Eu sabia como tudo isso parecia. Outra "viagem" do Joe. Outra confusão. Eu odiava que, até mesmo por um segundo, ela pudesse pensar que a minha mudança estivesse perdendo o efeito e a minha nova vida fosse apenas uma moda passageira. Isso não era de modo algum justo para com ela, eu sabia.

Não sei como as pessoas fazem essas escolhas. Essas escolhas que, num determinado momento, podem parecer injustas para quem está ao redor, mas que devem ser feitas.

Era como um arrastão, um puxão, uma contracorrente submarina. Algo maior do que eu estava em atividade aqui, e eu só sabia que precisava realizá-lo. Nesse momento, por mais que amasse Carmen e por mais que quisesse que ela confiasse na mudança dentro de mim, eu precisava atender ao chamado.

— Você se lembra da história dos pescadores mexicanos que eu lhe contei? — Perguntei.

— O que isso tem a ver com você? — Ela perguntou, sem sorrir.

— Acho que tenho que ir para o México. Preciso achá-los e ter um encontro com eles — eu disse. — Penso que haja algo interessante nisso. — Ela ficou parada calmamente por alguns segundos, olhando a parede num ponto a alguns centímetros à esquerda do meu rosto. Então, fixou os olhos em mim.

— Para onde exatamente você está indo? — Perguntou.

— Não sei.

— Quem é que você vai ver?

— Não sei ao certo.

— Joe, como você vai conversar com alguém? Você nem sequer fala a língua! — A sua voz soou agora uma oitava acima.

— Ainda não decidi como resolver isso — respondi.

— Bom, quanto tempo você vai ficar fora? — Ela perguntou, com o olhar voltado para o mesmo ponto da parede.

Fiz uma pausa, detestando a verdade que estava prestes a dizer.

— Não sei. — Pelo menos, eu era honesto. Esperei. Eu não iria mudar de ideia, mas estava disposto a lhe conceder a última palavra.

Ela levou um tempo para pronunciá-la. Mas olhou finalmente para mim, reuniu todas as forças possíveis dentro de si e disse:

— Se é isso o que você acha que deve fazer, então… boa sorte.

Até hoje não sei como Carmen conseguiu dizer isso. Essas palavras exigiram dela um grande esforço.

21. FÉ

EU HAVIA DECIDIDO VOAR para a Cidade do México, onde morava o sobrinho de Victoria. Quando cheguei lá, telefonei para o meu trabalho nos Estados Unidos. Um dos sócios me disse que eles tinham discutido o assunto mais detalhadamente e não iriam tomar parte nele. Eu estava por minha própria conta.

Tive de abandonar a ideia de que eu precisava entender todo o assunto, que ele tinha de ser racionalizado de uma maneira que pudesse fazer sentido para todo mundo, inclusive para mim. Dessa vez, eu não estava obcecado com o fato de tudo precisar estar consciente e completamente entendido até o último detalhe. Ter uma completa compreensão nem sempre nos leva ao lugar onde nós queremos ou devíamos ir.

Portanto, tentei não racionalizar para os meus colegas a razão de eu ter vindo. Pelo menos, não em seguida. Para mim mesmo, eu podia dizer: *Trabalho no mercado editorial, afinal de contas, por isso faz sentido ver se sai algum livro dessa história… E todos esses anos no estúdio, bem, não posso deixar eles irem para o lixo, não é?* Mas eu sabia o que fazia. Dava a impressão de eu estar indo para lá à caça da história. Talvez fechar um contrato para um livro, talvez um filme. Mas, realmente, eu *não estava* indo para lá por causa da história. Eu seguia um chamado para um resultado que não iria controlar e não conseguia imaginar.

Eli apanhou-me com o seu Jeep Liberty e fomos para Polanco, uma parte da Cidade do México que é parecida com o SoHo de Nova York.

Eli parecia ser um sujeito normal. Tinha uma barba por fazer, fumava cigarros e dirigia como um taxista de Nova York. Paramos para comer e conversamos por cerca de duas horas. Estabelecemos uma relação imediatamente; um judeu ortodoxo e um cristão recém-convertido tornando-se amigos e partilhando uma refeição *kosher* no México. Depois do almoço, ele me deu uma carona de volta ao hotel para que eu definisse o que fazer a seguir. Voar para a Cidade do México era só até onde tinha ido o meu planejamento.

Registrei-me na recepção e apanhei três jornais de circulação nacional de uma mesa no saguão. A cobertura da história dos pescadores era extensa, e vinha crescendo desde a minha última verificada. Cada jornal possuía uma matéria de capa distinta, com muitos detalhes no interior. Dava a impressão de que não havia nenhuma outra notícia — apenas os pescadores.

Entrei no meu quarto, liguei a televisão e me deparei com uma cobertura ininterrupta; em espanhol, é claro. Sentei-me aos pés da cama, olhando fixo para a tela.

Ouvi a palavra *canibalismo*. Como? Coloquei a cabeça entre as mãos e suspirei. Será que eu fizera a longa viagem até o México só para caçar uma história sobre pescadores canibais? Liguei para Eli e ele me disse que algumas autoridades achavam que os três sobreviventes haviam matado seus dois colegas de bordo para se alimentarem. Isso era muito ruim. Depois, ele me falou dos boatos sobre as drogas.

— Talvez, esses caras não sejam apenas pobres pescadores que encontraram a má sorte no mar — ele disse. — Talvez estivessem envolvidos com o tráfico de drogas.

O quê? Tive de desligar o telefone. Era demais para mim.

Durante a hora seguinte tentei juntar os pensamentos e delinear o meu próximo passo. Em vista desses novos desenvolvimentos, eu tinha apenas uma alternativa realista: voltar para casa. *E eu, que pensei que poderia vir até aqui, tal como um jornalista investigativo de alto nível, e abocanhar a história do século.* Era uma loucura.

Pesquisei novamente *online*. Notei que a vila de San Blas aparecia em vários artigos. Foi onde começou a viagem dos pescadores. Procurei "San Blas" no Google. Acredite ou não, essa pequena vila possuía um *site*. Havia o anúncio de um hotel da vila. O Garza Canela. Enviei um e-mail perguntando se eles tinham um quarto disponível, e então fui dormir, com canibais traficantes de drogas rondando a minha mente.

Impaciente, e acordado às 4h da manhã seguinte, liguei o computador e, para minha grande surpresa, encontrei uma mensagem em inglês de Josefina, do Garza Canela, confirmando um quarto para uma noite, e somente uma noite. O hotel estava com lotação esgotada durante o final de semana. Deduzi que a imprensa e agentes cinematográficos haviam reservado todos os quartos. Para ter alguma esperança de encontrar esses homens, eu precisaria da ajuda de Josefina. Respondi o seu e-mail e enfatizei que eu não era um produtor de Hollywood com o propósito de servir apenas ao meu estúdio. Eu acreditava realmente que essa história seria inspiradora e talvez trouxesse esperança à vila de San Blas e suas redondezas. Talvez a todo o México. Talvez ao mundo inteiro. Não havia dúvidas de que essa era uma história sobre sobrevivência, mas era mais profunda do que isso. Era uma história sobre fé e esperança, e muito mais. Fé no invisível. Esperança que nasce do caráter. Caráter que nasce da perseverança. Perseverança que nasce do sofrimento. Sofrimento que todos nós enfrentamos.

Então esperei. Continuei verificando os meus e-mails e a conexão com a internet. Passeei pelo quarto. Por volta das 8h, vi que não conseguia esperar mais. Telefonei para o Garza Canela e Josefina atendeu. Identifiquei-me e perguntei por que ela não respondera à minha mensagem.

— Não estou na recepção agora — ela disse. Descobri mais tarde que Josefina era a gerente do hotel e que San Blas estava num fuso horário menor em relação à Cidade do México. Recapitulei a minha mensagem de e-mail e, quando cheguei à parte sobre a esperança, ela me interrompeu.

— Ah, você precisa vir até aqui.

— Por que você diz isso? — Perguntei. Ela parecia querer sugerir algo mais.

— Não existe nenhuma esperança em San Blas. Há muito tempo não existe qualquer esperança por aqui, desde que os meus pais compraram este hotel. Essa história é a única coisa que dá uma esperança para qualquer um de nós.

Sem esperança? Bom, eu tenho esperança. Vou levar um pouco dela diretamente para vocês...

— Como chego aí? — Perguntei.

— Acho que a estrada quem vem de Puerto Vallarta é pavimentada — ela respondeu.

Estranhamente, isso não era reconfortante.

— Para onde devo ir quando deixar o aeroporto? — Perguntei, enquanto pegava um pedaço de papel e uma caneta, me aprontando para anotar as indicações.

— Você pega a estrada que fica exatamente em frente ao aeroporto e segue algumas horas na direção norte — ela disse. — Quando chegar a uma luz amarela piscante, vire à esquerda e ande mais outra hora, hora e meia, na direção da costa.

— E então?

— É só isso.

Só isso? Procure uma luz amarela piscante e vire à esquerda?

— Não seria o caso de você me enviar um mapa? — Perguntei.

— Nós não temos mapas! — A voz dela estava começando a soar irritada, por isso pedi-lhe para ditar mais uma vez as indicações, caso eu tivesse perdido algum detalhe. Não tinha perdido. Quando eu lhe disse que tentaria chegar lá à noite, ela riu.

— Você tem que chegar aqui durante o dia — ela disse. — Se vier depois do anoitecer, não vai encontrar ninguém. — Em seguida, ficou séria. — Além disso, é muito perigoso dirigir à noite através da selva.

A minha esperança era de que o meu caminho seria iluminado de alguma maneira. Desliguei o telefone, arrumei a bagagem e trinta minutos mais tarde estava diante da recepção, olhando fixamente para uma conta de 4.800 pesos, cerca de 400 dólares.

Então caiu a ficha. Quando reservara o quarto, eu havia assumido que estava gastando dinheiro da empresa. Na verdade, na maior parte da minha vida gastei dinheiro de empresas. Agora, estava por minha própria conta. A minha busca corria por conta das minhas próprias moedas. Era dinheiro real, saído do meu próprio bolso. E esse era apenas o começo. Havia os futuros gastos com a passagem aérea, o aluguel de um carro para ir até San Blas, a hospedagem lá; além disso, havia a passagem de avião de última hora que eu tinha comprado para a Cidade do México; e também direitos autorais, advogados, agentes e sabe-se lá o que mais. Eu não conseguia imaginar o que Carmen e as meninas pensavam de mim. E os meus colegas na editora, que provavelmente viram isso como uma das piores pistas falsas de todos os tempos? *O que eu estou fazendo?*

Paguei a conta e, na hora em que atravessava as portas do hotel, já tinha mudado de ideia. Risquei do mapa Josefina e o meu saco de esperanças, e decidi voltar para casa e implorar misericórdia à minha esposa, pedir desculpas a todos e esquecer tudo sobre os pescadores.

Entrei no táxi e o porteiro do hotel bateu a porta, cessando o barulho vindo do bairro de Polanco. Estendi as pernas e estava prestes a elaborar o meu pedido de desculpas quando ouvi no rádio, em inglês: "Porque tenho que ter fé..." As notas familiares da canção de George Michael, "Faith", preencheram a cabine do táxi. *Sem essa! Você deve estar brincando comigo.*

Liguei para Eli e contei-lhe tudo que tinha acontecido desde que eu ouvira falar do canibalismo — contei-lhe sobre a Josefina do hotel, a esperança, as minhas dúvidas, as despesas, e a música.

— Será que estou louco por pensar que isso é mais do que uma coincidência? — Perguntei a Eli. — Será que é Deus usando George Michael para me dizer alguma coisa?

— Joe, não existem coincidências — Eli disse. — Essa história toda é sobre isto. Fé. A fé dos pescadores, a sua fé cristã, a minha fé de judeu ortodoxo. — A sua voz soou confiante, e eu acreditei nele.

Pensei sobre isso por uma fração de segundo.

— Tudo bem, estou de volta — eu disse a Eli, a mim mesmo e a Deus. — Estou indo para San Blas.

Quando o taxista estacionou na ala de embarque internacional do aeroporto da Cidade do México, ocorreu-me que eu devia estar parecendo um completo gringo. Ele assumira que eu estava saindo do país, e provavelmente pensou que era uma boa ideia. Felizmente, ele falava um pouco de inglês e compreendeu quando lhe expliquei que, em vez da ala internacional, eu precisava ser deixado no terminal doméstico.

— Qual companhia aérea? — Perguntou. Eu não fazia a menor ideia.

— Quais vocês têm? Eu preciso ir até Puerto Vallarta.

Ele deu uma volta em torno do aeroporto, até o embarque doméstico, e ajudou-me a retirar do bagageiro a minha mala gigantesca. Assim que ele partiu, um garoto se aproximou de mim e apontou para a minha mala. Mais uma vez, estou certo de que era porque eu tinha uma total aparência de gringo.

— *No hablo español* — eu disse. — Preciso chegar a Puerto Vallarta. *¿Habla inglés?*

O garoto balançou a cabeça, mas levou a minha bagagem para o interior onde parecia haver milhares de pessoas. Com os olhos, fiz uma varredura na multidão, à procura de uma pessoa que possivelmente falasse inglês; quando vi que não havia ninguém promissor, decidi verificar os quadros de voos. Um voo da AeroMexico ia sair para Puerto Vallarta ao meio-dia. O meu relógio marcava 10h50. Havia outros voos mais tarde, mas eu estava consciente dos avisos de Josefina sobre os perigos de dirigir através da selva à noite. Eu precisava chegar lá o mais cedo possível. Olhei ao redor, na esperança de encontrar alguém que fosse capaz de me ajudar, e avistei um homem com uniforme de piloto.

— Desculpe-me — eu disse. — Estou tentando chegar a uma pequena cidade chamada San Blas. Você já ouviu falar dela?

Ele assentiu.

— Voar até Puerto Vallarta é a melhor maneira de chegar lá?

— Mazatlán é muito mais próximo — ele respondeu, com um forte sotaque mexicano. — O que você vai fazer em San Blas?

— Bem — eu disse, — provavelmente, você viu ou leu sobre os três pescadores que foram resgatados. Eu estou indo até lá para tentar encontrar as famílias deles e…

— Um embuste! — Disse ele.

Fiquei atordoado.

— O que você quer dizer com isso?

— É o governo, eles falsearam a história. Meu pai é médico e disse que não é possível alguém sobreviver muito tempo no mar. É impossível. Ele disse que os corpos seriam destruídos. Você viu as fotos? Eles pareciam saudáveis demais para alguém que passou tantos meses na água.

Estou certo de que nesse ponto eu já estava completamente branco, ou talvez verde.

— O governo inventou essa história para afastar a atenção das eleições — disse ele, como se soubesse com certeza.

Imagine só, pensei. Apanhei o meu queixo, que havia caído no chão, murmurei um anêmico "obrigado" e me afastei. Eu estava num estado de torpor. Ele tinha tanta certeza, e eu estava tão inseguro. O meu corpo se sentia como se estivesse sido dividido em dois: um lado me dizendo "Não desista", o outro me dizendo para enfiar tudo num saco e cair fora. Um sujeito num uniforme estava me dizendo que tudo era mentira. Uma voz na outra extremidade de um telefone falou sobre a esperança. A indecisão me deixava doente. Mas, por alguma razão, continuei andando na direção do balcão da AeroMexico. Então ouvi a minha voz desencarnada dizer:

— Preciso de uma passagem para Puerto Vallarta, no voo do meio-dia, por favor.

A atendente olhou para a sua tela.

— Não há lugares disponíveis para esse voo, mas tenho vagas para o voo das 14h30, que chega a Puerto Vallarta às 16h. O senhor gostaria que eu lhe fizesse uma reserva nesse voo?

Comecei a calcular. *Às 16h. Isso significa que poderia pegar a estrada às 17h, o mais tardar. Provavelmente, escurece por volta das 18h30 ou 19h, mas há uma diferença de fuso horário de uma hora. A viagem durará quatro horas, talvez.* Pensei novamente em Josefina.

— Eu preciso realmente pegar o voo do meio-dia, mas me deixe pensar por um minuto. — De novo, aí estava. Hora de parar. Outro obstáculo, outra indicação de que esse era o fim da linha. Não parecia que o caminho estivesse sendo muito bem iluminado. Do lugar onde eu estava, podia ver as placas sinalizadoras do terminal da Delta e a possibilidade de um voo direto para casa, em Atlanta. Seria muito fácil.

Virei-me para ir embora.

— Desculpe-me, senhor — ouvi a agente dizer. — Acabou de vagar um assento da primeira classe para o voo do meio-dia.

22. Metralhadoras
e uma Luz Amarela Piscante

O MEU LUGAR NO AVIÃO, tão milagrosamente providenciado, também teve o seu aspecto negativo. Uma poltrona de primeira classe custa muito dinheiro. Então passei a somar de cabeça o preço de tudo, constatando que sairia do meu bolso, e com a preocupação de como pagar aquilo. Eu já gastara milhares de dólares. Talvez o meu emprego estivesse correndo certo perigo, as minhas filhas estudavam em escola particular e eu era proprietário de duas casas.

Mas, então, aconteceu. Senti uma cutucada, uma impressão, quase uma voz dizendo: *Joe, não é o seu dinheiro. É o Meu dinheiro.* Pensei imediatamente numa série de sermões que o nosso pastor, Andy Stanley, havia apresentado no início desse verão. A minha conclusão dos sermões foi que o nosso dinheiro e tudo o mais que possuímos são de Deus. *E aqui estava eu, ouvindo e sentindo a verdade disso com clareza cristalina.*

Imediatamente, senti um peso saindo de cima das minhas costas. Não quero dizer que, em dias vindouros, eu não viria a me preocupar de tempos em tempos com as despesas, mas a cutucada que senti era uma afirmação de Deus, indicando que eu estava onde Ele queria que eu estivesse e que eu precisava ir em frente.

Após o desembarque em Puerto Vallarta, eu me peguei olhando para um Ford Fiesta azul royal, para alugar, no meio de um estacionamento empoeirado.

— Você tem outro mapa? — Pedi para a funcionária da locadora de automóveis, apontando para o mapa local de Puerto Vallarta que a Hertz havia fornecido. — Preciso de um mapa do país.

— Só temos este — respondeu ela. — Para onde o senhor vai?

— Para San Blas, ao norte daqui.

— É fácil de encontrar. — Ela apontou para a estrada que passava entre o estacionamento de carros e o aeroporto. — O senhor deve pegar esta estrada e continuar nela por cerca de três horas, até ver uma luz amarela piscante. Então vire à esquerda da luz e siga a sinalização.

De novo a luz amarela piscante?

— E se a luz não estiver funcionando? — Perguntei. Parecia uma questão bastante razoável.

— Ah, está funcionando — ela disse alegremente. — Está sempre funcionando.

Eu me espremi dentro do Fiesta e preparei-me psicologicamente para a viagem, uma expedição de três a cinco horas através da selva em busca de três homens que eu não conhecia. *Sem mapa. Sem falar a língua. Sem conhecer uma única alma. Ótimo. Excelente.*

Saí do estacionamento e peguei a Highway 200, grato por ainda conseguir dirigir carros com câmbio manual. Poucos minutos mais tarde, parei numa loja de conveniência para comprar Diet Coke. (Amo Diet Coke e, por alguma razão, a Diet Coke do México é muito melhor do que a fabricada nos Estados Unidos). Assim que entrei na loja, fiquei imediatamente ciente do meu aspecto de estrangeiro. Esse era o México real, e não o México falso, turístico, que fala inglês; por isso, fiquei apreensivo. Um pouco mais adiante na estrada, cheguei a um posto de fiscalização onde homens com metralhadoras estavam parando todos os carros. *Em que confusão eu vim me meter?* Avancei mais um pouco, até que um dos soldados armados deu a volta ao Fiesta e bateu na minha janela. Abaixei o vidro cautelosamente, tentando parecer inocente, embora esperasse receber um tiro fatal a qualquer momento.

— *No hablo español* — eu disse para o soldado. Repeti a frase em inglês, esperando que ele entendesse melhor o meu sotaque do Meio Oeste do que o meu espanhol elementar. Talvez ele tenha entendido, ou talvez eu tivesse uma aparência assustada demais para ser um criminoso, mas depois de observar atentamente o interior do carro, ele fez sinal para que eu prosseguisse.

Depois de uns 45 minutos dirigindo, eu já comecei a procurar pela luz amarela piscante. Josefina e a moça da Hertz avisaram que eu levaria várias horas para alcançar esse ponto de referência, mas eu queria me certificar de que não o perderia. Eu não queria ir parar no sul do Texas. *Luz amarela piscante. Luz amarela piscante.* Ela se transformou no meu mantra interior.

A estrada sinuosa através da selva estava silenciosa, exceto pelo ranger das engrenagens nas trocas de marcha para cima e para baixo. Liguei o rádio e ouvi uma explosão das cornetas, acordeões e guitarras de uma banda mexicana tradicional. Era uma psicótica e caricatural trilha sonora de todos os meus medos, e quase me causou um ataque cardíaco. Dei uma pancada no botão do rádio para desligá-lo.

O ruído ainda estava ressoando nos meus ouvidos quando avistei os facões.

Às vezes, é desgastante falar com Deus. A gente desabafa, implora algo a Ele, qualquer coisa, e é quase como se Ele estivesse lá em cima, na Sua "poltrona de couro", lendo o jornal e concordando com a cabeça. E se alguma vez Ele levantar os olhos para provar que está realmente nos ouvindo, e não apenas lendo as tirinhas de humor, a gente não consegue ver. É como ter uma amizade por correspondência que nunca responde as cartas.

Enfim, lá estava eu, encarando dez sujeitos com aparência rude que caminhavam juntos e agitavam, de um lado para outro, facões com lâminas de mais de meio metro de comprimento, cortando o mato que havia crescido na beira da estrada. Havia o meu caminho caído na completa escuridão?

"O que estou fazendo aqui?" Fiz a Deus o que parecia ser uma pergunta perfeitamente normal. "Por que Tu me enviaste numa busca infrutífera por esses homens se eles são canibais ou traficantes de drogas?" Nesse momento, eu estava gritando. "Se não é isso que Tu queres que eu faça, então, por favor, mostra-me! Joga-me para fora da estrada. Fura um pneu. Faz cair uma árvore diante do carro. Porque, Deus, se Tu não me parares, eu vou continuar a fazer o que estou fazendo."

Nem bem acabei de pronunciar essas palavras, borboletas começaram a voar em torno do carro. Não me refiro a apenas algumas. Era um bando, depois um bando de bandos — centenas, talvez milhares, das mais belas criaturas de cor creme apareceram, um caleidoscópio de cores voando ao redor do carro à medida que eu prosseguia pela estrada dentro da selva.

Sempre que conto essa história, as pessoas dão o melhor de si para explicá-la em termos não espirituais: talvez tenha sido o início da estação das borboletas no México, ou talvez as borboletas tenham sido atraídas pela cor azul do carro, ou talvez eu tenha simplesmente sonhado. O interessante é que, de início, eu não vi isso como algo significativo. Só pensei que era estranho ver todas essas borboletas, com suas asas quase transparentes, voarem junto comigo.

Somente mais tarde tornou-se claro para mim que talvez o Próprio Deus estivesse a me envolver, confirmar a minha jornada e determinar e iluminar o meu caminho.

23. Uma Luz Amarela Piscante e mais Metralhadoras

Depois de uma hora e meia de viagem, vi à distância a luz amarela piscante e uma placa apontando o caminho para San Blas. Diminuí a velocidade para entrar no desvio, e logo estava dirigindo pelo meio de uma vila cuja estrada era tão ruim que mal dava para ultrapassar os quinze quilômetros por hora. Criancinhas brincavam, sem supervisão, ao lado da estrada. Lixo e entulhos estavam espalhados por toda parte, exceto na praça principal. Nela, uma igreja católica se erguia, como a protestar contra a miséria ao seu redor.

Essa foi a primeira das muitas aldeias pelas quais passei a caminho de San Blas. Todas se encaixavam nessa descrição, cada uma num estado de deterioração semelhante, cada praça principal e sua igreja parecendo a anterior.

Depois de quarenta e cinco minutos, pude ver o mar.

Era de tirar o fôlego, um contraste impressionante com a estrada na selva, que era rodeada de casas e bares em ruínas, e de condomínios inacabados. Um caminhão preto e branco, último modelo, estava se aproximando rapidamente. À medida que ele chegava mais perto, pude ver a luz na parte superior — um veículo da polícia. Oito homens sentavam-se na carroceria, armados com metralhadoras leves. Eles passaram por mim a mais de cem por hora. Mais uma vez, fiquei ciente do perigo potencial da situação em que estava. Nenhuma pessoa que pudesse me defender, nenhuma pessoa que fosse capaz de me tirar desse país, sabia onde eu estava. Se algo sinistro acontecesse, eu nunca seria encontrado.

Finalmente, cheguei a San Blas, outra cidade construída em torno de uma praça e uma igreja católica. Achei o caminho para o Garza Canela e me aproximei da recepção, onde uma mulher trabalhava em silêncio. Josefina. Lembrei-lhe que ela havia reservado um quarto para mim.

— Temos um quarto para esta noite, mas, como eu disse ao telefone, estamos lotados até segunda-feira — ela disse bruscamente. — Posso ligar para o Flamingo e ver se eles têm alguma vaga.

— Vai correr tudo bem — eu disse. — Mas agora preciso da sua ajuda.

— De que tipo de ajuda.

— Vim aqui para me encontrar com as famílias dos três pescadores. Como não falo espanhol, preciso que você me leve até onde eles moram e traduza para mim.

Ela olhou para mim como se eu lhe tivesse pedido para tirar um coelho da cartola.

— Não — respondeu ela enfaticamente.

— Não posso fazer isso sozinho. Se você não me ajudar, fico com as mãos atadas.

— Eu lhe falei — ela disse — que um grande grupo está para chegar amanhã. Não posso deixar o hotel. Tenho certeza de que você vai entender.

— O que você acha que devo fazer, Josefina? — Imaginei que, se dissesse o nome dela no meio da minha súplica, isso poderia ajudar.

— Sinto muito — disse ela.

Ponto final. Fim de jogo. Comecei a sair em direção à rua para tomar um pouco de ar. Uns dois anos antes, essa teria sido uma pausa numa atividade, durante a qual eu fumaria vários cigarros e tomaria um pequeno e saboroso coquetel de antidepressivos e bebidas destiladas. Agora, não mais. Enquanto eu caminhava para a saída, um mexicano baixo, que poderia passar pelo irmão mais moço do golfista Lee Trevino, postou-se diante da porta, bloqueando o caminho. Ele parecia estar me esperando.

— Quando começamos? — Perguntou em inglês.

— Desculpe-me? Você fala inglês?

— Sim, claro. Morei em Bakersfield dez anos atrás. Quando começamos?

— Você está dizendo que pode me ajudar?

— Sem dúvida — ele disse casualmente.

— Agora mesmo.

— Sim, agora mesmo — ele falou como se tivesse estado à minha espera todos os dias.

— Aguarde enquanto vou ao meu quarto trocar de roupa — eu disse. — Encontro-o no bar em quinze minutos. — Ele assentiu, e corri através da recepção até o meu quarto.

Olhando-me ao espelho, vi que estava com uma barba de uma semana. Retirei da mala uma lâmina de barbear barata, dessas de hotel. Eu não trouxera creme de barbear, por isso passei os minutos seguintes ensaboando o rosto com um pequeno sabonete de mão e tentando fazer a barba com um barbeador tão cego que arrancava os pelos do meu rosto. Quando terminei de me barbear, estava com seis pedaços de papel higiênico no pescoço e parecia o Freddy Krueger.

O sujeito que disse que poderia me ajudar estava à espera no bar do hotel. Disse-me que o seu nome era Armando Santiago e que sabia ter todas as cartas na mão.

Eu me inclinei na sua direção.

— Armando — eu disse baixinho, — estou aqui para ver se é possível eu me encontrar com os pescadores… ou as famílias dos pescadores. Vim para ajudá-los. Eu quero contar a sua história de fé, e preciso de você para traduzir e me ajudar a persuadi-los. Eu vou lhe pagar. Quanto você cobraria?

— Costumo ganhar 120 dólares por dia para acompanhar os observadores de pássaros no seu habitat natural — respondeu ele.

Assim Deus, em Sua infinita sabedoria para realizar os Seus propósitos, havia decidido formar um parceria entre mim, um americano cujo rosto estava pontilhado com papel higiênico, e um observador de pássaros mexicano. *Certo, por que não?* Concordei com o preço de Armando e ele deu uma pancadinha no seu relógio.

— Precisamos ir antes que escureça, ou não vamos encontrar ninguém — disse ele, com impaciência.

— Eu sei — falei. — Mas primeiro preciso que você entenda o que estou tentando fazer de modo que você capture a emoção do que estou dizendo na hora de traduzir. — Mostrei a ele uma troca de e-mails entre mim e Eli sobre o fato de aquela parecer ser uma história de fé e esperança, e pedi-lhe para dar uma lida. Ele passou os olhos pela folha de papel durante exatos quarenta e cinco segundos e levantou o olhar.

— Tudo bem — ele disse. — Entendido.

Quando lhe pedi para me dizer o que tinha entendido, ele não chegou nem perto.

Armando sugeriu que a nossa melhor aposta seria tentar falar com o secretário de turismo da cidade. Não fazia muito sentido para mim irmos em primeiro lugar ao escritório do secretário de turismo. Nem mesmo fazia muito sentido que San Blas tivesse um, mas Armando era tudo que eu tinha. Entreguei-lhe as chaves do Fiesta, mas ele recusou-as.

— Eu sempre deixo outra pessoa dirigir — ele disse. — Desse modo, é muito mais seguro.

Essas palavras não soaram como se ele quisesse dizer "mais seguro" em termos de cobertura de seguro. Perguntei a mim mesmo se ele sabia secretamente que os motoristas de carros alugados costumavam ficar indecisos e acabavam se espatifando numa viela qualquer.

Nós nos dirigimos para o Pacífico por uma estrada de terra com buracos tão fundos que, toda vez que o Fiesta caía num deles, uma água barrenta respingava nos vidros laterais.

Armando me pediu para estacionar diante de um edifício cor de salmão em estado precário. O posto de turismo.

Uma vez lá dentro, pudemos ver um par de botas com biqueira de aço apoiadas no braço de um sofá velho. As botas pertenciam a um homem adormecido, vestindo roupas camufladas e embalando uma metralhadora bastante grande. Armando não teve nenhuma reação; aparentemente, um homem tirar o seu cochilo da tarde abraçado a uma arma de assalto era uma visão comum. O homem começou a se mexer.

Recuei lentamente na direção da rua, não só para me afastar de Armando, mas também para reduzir o risco de o meu corpo ser crivado de balas. Decidi esperar no Fiesta.

Logo surgiu Armando.

— O secretário de turismo não está aqui — ele informou. — Vamos tentar a prefeitura e falar com o prefeito.

Sem qualquer outra explicação, Armando voltou para o carro. Fomos para o centro da cidade e paramos diante da igreja, numa praça movimentada onde muitos homens idosos passavam o tempo. Atravessamos a entrada principal de um edifício, com as paredes pintadas até a metade, em direção a um grande pátio. Dezenas de pessoas estavam lá, principalmente falando em telefones celulares. Elas pareciam estar fora de lugar, com suas calças cáqui, camisas sociais e bolsas a tiracolo. Claro, era eu quem estava fora de lugar; num raio de centenas de quilômetros, eu era o único sujeito branco, com mais de 1,8 metro de altura e vestindo uma camisa cor-de-rosa.

O ar parecia agitado, como se algum acontecimento importante estivesse prestes a acontecer. Armando pediu licença e se afastou; eu permaneci no pátio. À minha esquerda, um sujeito esperava sentado num banco, com uma câmera aparentemente cara pendurada no ombro. O logotipo no seu colete marrom claro estampava "TV Azteca". A imprensa havia chegado.

Armando espiou para fora de um dos escritórios e me fez um sinal para eu entrar.

Fui apresentado ao prefeito de San Blas, que não falava uma palavra em inglês. Ele estava em plena organização do retorno dos pescadores ao México, provenientes das ilhas Marshall.

Também conheci Silverio, o administrador municipal e, aparentemente, o Número 2 em San Blas, embora eu tivesse uma sensação de que ele era, na verdade, o Número 1. Depois de um diálogo em espanhol entre Armando e Silverio, Armando me informou que Silverio decidira que eu era merecedor de ouvi-lo falar diretamente em inglês.

Agora que falava direto comigo, Silverio concordou em nos encontrarmos mais tarde naquela noite. Aparentemente, ele se considerava um negociador e alguém que poderia falar com os pescadores.

Saímos da prefeitura, sem ficar sabendo de nada de valor, e paguei a diária de 120 dólares a Armando por menos de um dia de trabalho e um dia cheio de evasivas e frustrações. Apesar de eu não estar nem um pouco impressionado com o prefeito e Silverio, e duvidar das intenções de Armando ao intermediar a minha ligação com os dois, essas eram as únicas conexões que eu tinha. Precisava prosseguir com o que tinha em mãos.

Nessa noite, fui até o saguão do hotel às 21h, mas Silverio não apareceu. Por volta das 23h, desisti. Voltei para o quarto, liguei a TV e vi que a cobertura jornalística sobre os pescadores sofrera um rebaixamento.

À medida que o âncora do telejornal lia a matéria, filmagens dos pescadores em Majuro apareceram ao lado de fotogramas de um acidente aéreo. O noticiário estava comparando a história dos pescadores com a da equipe uruguaia de rúgbi cujo avião caiu nos Andes em 1972. Os jogadores que sobreviveram a esse acidente ficaram perdidos durante dois meses, e alguns deles se alimentaram com os cadáveres dos colegas mortos, que se conservaram por causa da neve. Desliguei a TV e fui para a cama, contando dúvidas em vez de carneirinhos.

Esse foi um dos dias mais longos da minha vida.

24. Qual é a Notícia?

Para os três pescadores que tentavam voltar para casa depois de quase dez meses de ausência, a escala em Honolulu deve ter parecido uma tortura lenta.

Porém, foram novamente considerados heróis e saudados por outra comissão de boas-vindas, constituída por mexicanos que viviam no Havaí. Eles foram aclamados como "Os filhos perdidos do México", e algumas pessoas agitaram a bandeira mexicana, enquanto outras tiravam fotos e enfeitavam os pescadores com os tradicionais colares havaianos.

A partir daí, o itinerário consistia numa rápida troca de avião em Los Angeles, seguindo depois diretamente para a Cidade do México.

Não havia nenhuma comissão de boas-vindas em Los Angeles. Apesar de o resgate dos pescadores ter sido divulgado pelos meios de comunicação dos Estados Unidos, a história deles e a de muitos outros foram ofuscadas por outra manchete norte-americana que se transformou num dos clássicos circos da mídia: "John Mark Karr preso em Bangcoc por assassinato de JonBenét Ramsey." Mas, para os pescadores, uma presença mais discreta da mídia em Los Angeles deve ter sido um alívio. Eles puderam atravessar rapidamente o terminal e embarcar no avião para o México, sem despertar muita atenção.

A última etapa da volta para casa dos pescadores mostrou-se sossegada; um voo noturno programado para aterrissar na Cidade do México por volta das 5h30. Os três dormiram na maior parte do percurso, como a maioria dos outros passageiros do avião.

Quando as luzes da cabine se acenderam na chegada, uma das comissárias de bordo anunciou para os outros passageiros que eles haviam voado com os três homens mais famosos do México. Houve aplausos, e algumas pessoas pegaram os seus celulares e câmeras para tirar algumas fotos. Na pista, a equipe terrestre alinhou-se com o Jetway para poder ter um vislumbre deles.

Os pescadores reuniram os seus poucos pertences e desceram do avião. Estavam finalmente em casa. Mas Jesús, Salvador e Lucio não faziam ideia do que estava à sua frente: uma espécie diferente de tubarões.

25. Sinais e Milagres

Sentei-me na cama completamente desperto. Eram 4h da manhã.

Por instinto, apanhei do chão a minha pasta de documentos e comecei a remexer dentro dela no escuro. Durante os meus muitos anos na estrada, era frequente eu acordar às 4h num quarto de hotel e remexer na minha pasta de documentos, em busca de algo para aliviar a dor. Dessa vez, eu estava procurando a minha Bíblia, na esperança de que a oração afastasse o meu medo.

Não consegui encontrá-la. Provavelmente, esquecera-a no avião ou no hotel da Cidade do México. Então, fiquei sentado na beira da cama, com mais nada no quarto, a não ser a solidão e a ansiedade. Caí de joelhos e pedi a Deus uma orientação.

— O que Tu desejas que eu faça? — Rezei em desespero. — Mostra-me. Seja o que for, eu o faço.

Silêncio, exceto pelo cantar dos grilos.

Apanhei mais uma vez a minha pasta para procurar uma aspirina. Dessa vez toquei com a mão no canto de algo — sim, era a minha Bíblia. Por algum motivo, tinha sido guardada num bolso não usual. Puxei-a para fora, peguei os óculos e deixei que o meu polegar folheasse rapidamente as suas páginas. Parei de folhear e, em seguida, abria-a cegamente nessa página.

Eu nunca havia jogado roleta com uma Bíblia. Realmente, não recomendo isso, mas acho que Deus se utiliza de todos os recursos. E, enquanto eu estava sentado sozinho sob o brilho fluorescente da luz de teto, Deus me ofereceu uma mensagem simples sobre a graça que não exige confete nem banda de música.

As primeiras palavras que vi foram num título em negrito: **"Orai por tudo."**

E li: "Não se aflija nem se preocupe. Em vez de se preocupar, ore [...] Ponha em prática o que aprendeu de Mim, o que ouviu, viu e percebeu. Aja assim, e Deus, que faz todas as coisas colaborarem entre si, amoldará você às Suas mais excelentes harmonias." Os versículos estão em Filipenses 4, e chamaram a minha atenção.[4]

Amoldar-me às Suas mais excelentes harmonias? Eu não consegui acreditar. Tinha perguntado a Deus o que fazer e trinta segundos depois Ele me dera a única resposta possível. Eu estava atordoado.

Então entendi: *Era para eu estar aqui!* Todas as coisas que aconteceram nas últimas 72 horas repassaram na minha mente como um filme em câmera lenta. Tudo tinha sido um prelúdio para o momento presente: a insistência de Victoria, o fato de Eli não poder ir a San Blas, as palavras de Josefina sobre San Blas não ter "nenhuma esperança", a canção *Faith* [fé] no rádio, a poltrona na primeira classe tornar-se disponível de repente, o cutucão para comprar o bilhete, os bandos de borboletas, Armando surgindo do nada... Agora esses versículos.

Penso que, às vezes, estamos tão próximos das nossas próprias vidas, tão míopes em relação à nossa própria realidade, que não enxergamos o óbvio. A cada vez que eu enfrentava um estado de grande desânimo, algo me empurrava para a frente. Um sinal, um acontecimento, um cutucão.

Eu não tinha nenhuma ilusão; até mesmo pensava que chegar perto dos pescadores já era um grande passo. Mas agora era conduzido por uma fé divina. Tinha convicção de que algo especial estava acontecendo. Era para eu estar aqui, Deus estava presente, e isso era tudo que eu precisava saber.

Também pensei que ninguém iria acreditar nisso.

Portanto, passei as quatro horas seguintes registrando todos os detalhes, desde o dia em que Victoria me contou sobre os pescadores até o momento com os Filipenses no hotel antes do amanhecer. Desse ponto em diante, comecei a manter um diário de tudo que ocorria — cada etapa da viagem; cada telefonema, e--mail e oração; observações sobre o clima e fragmentos de conversas. Acredito agora que tudo tinha importância.

Quando o Sol surgiu, pude sentir a energia de algo incrivelmente grande.

Eu tomava o café da manhã quando Armando e Silverio apareceram, juntamente com outro homem, Eduardo, que parecia ser o braço direito de Silverio.

Contei-lhes todas as coincidências malucas que tinham acontecido desde que eu chegara ao México — todas elas. Então li para eles a passagem da Bíblia que havia respondido à minha oração.

Eles apenas olharam para mim.

— Senhores — eu disse, — acho que é esperado que seja eu a pessoa a escrever essa história.

26. Uma Espécie Diferente de Tubarões

Os três pescadores não tinham a menor ideia do que se desenrolara durante a noite na mídia mundial.

Foi divulgada a notícia de que eram originalmente cinco homens no barco. Isso se espalhou como fogo entre as corporações de mídia. Como acontece com a maioria das histórias de sobreviventes, a imprensa especulou: será que os homens conseguiram sobreviver se alimentando dos corpos dos mortos?

Os pescadores foram levados para o centro médico do aeroporto onde passaram por exames antes de serem colocados diante dos meios de comunicação. Embora estivessem muito magros e com as pernas ainda inchadas, o seu estado de saúde era excelente, de acordo com os médicos. Esse diagnóstico serviu apenas para jogar mais gasolina sobre o fogo da mídia. Como podia acontecer que homens perdidos no mar por tanto tempo estivessem em condições de saúde relativamente boas?

Tendo sido liberados pelos médicos do aeroporto da Cidade do México, os pescadores foram escoltados desde a sala médica até um salão de conferências lotado por uma imprensa cuja boca espumava de tanta vontade de afundar os dentes neles. As portas se abriram... e começou.

Jesús, Salvador e Lucio eram só sorrisos quando entraram no salão. Os *flashes* das câmeras não pararam de pipocar por alguns minutos. Os homens acenaram e permaneceram atrás de suas cadeiras, enquanto os repórteres gritavam, com a voz de uns encobrindo a dos outros. As perguntas eram indecifráveis. A "incrível história de sobrevivência" foi rapidamente deixada para trás por uma mídia que exigia respostas para teorias violentas e rumores de canibalismo e tráfico ilegal de drogas. Foi um frenesi alimentar.

Finalmente, os homens tomaram os seus lugares, cada um na frente de um microfone. Vários policiais se alinhavam contra as paredes, observando atentamente os pescadores. As perguntas chegavam até eles como um tsunami que arrasta tudo implacavelmente, com uma força ilimitada e uma energia incontrolável. O sorriso na face dos pescadores desapareceu à medida que se afundavam em suas cadeiras, atordoados pelo fogo de artilharia. Pareciam estar olhando através dos repórteres. As perguntas continuaram em fogo contínuo.

Parecendo meninos de 8 ou 9 anos, sendo forçados a assistir a uma produção de *Hamlet*, os pescadores ouviam as palavras, mas não conseguiam compreender o que elas diziam. Esses homens nunca haviam enfrentado tantas perguntas. Raramente, enfrentavam uma situação em que alguém lhes fizesse uma pergunta. E a fúria e o antagonismo no recinto eram chocantes para eles.

— Isso não é verdade — Lucio respondeu com raiva num determinado momento. Depois disse calmamente estas palavras ao microfone: — Para as pessoas que não acreditam em nós, bem, elas devem rezar para nunca ter que passar por isso.

Finalmente, os repórteres permitiram que os homens respondessem.

— Vocês se sujeitariam a um teste com detector de mentiras? — Gritou um repórter.

— Sim — Jesús respondeu sem hesitação. — Não temos nada a esconder.

Várias alegações privaram os pescadores da recepção heroica que mereciam. Mas essas alegações são facilmente contornáveis, e as evidências sustentam a veracidade da história.

As pessoas consideraram suspeito que os médicos tivessem declarado que os pescadores estavam em boas condições de saúde quando desembarcaram na Cidade do México. E mais, no calor do momento midiático, as pessoas não levaram em conta que havia se passado várias semanas desde o resgate dos homens, durante as quais eles tinham recebido cuidados médicos, alimentação e descanso apropriados. De fato, eles *estavam* em mau estado quando foram encontrados pela traineira taiwanesa. Porém, duas semanas a bordo da traineira, antes de chegarem ao porto e mais vários dias em Majuro, tinham providenciado certo tempo para a recuperação.

Claro que a acusação de canibalismo também foi dirigida para os pescadores; ela é dirigida a muitos sobreviventes na sequência de um resgate. Quando ouvem relatos de sobreviventes, o público fica curioso para saber se houve canibalismo, e a mídia costuma atiçar essas chamas, geralmente sem fatos concretos nem coerência. Mas, para a maioria daqueles que estão na situação de sobrevivente, o ato de canibalismo é tão revoltante que seria considerado o último dos recursos que utilizariam para se manter vivos. E se eles realmente chegam ou não a esse último recurso, depende de suas competências e habilidades. No caso dos pescadores, o Pacífico era o seu ambiente natural, era o mundo que conheciam. Claramente, eles tiveram a oportunidade, a habilidade e a experiência para capturar o alimento e a água da chuva que os ajudaram a se sustentar.

Outra suspeita era a de que os pescadores seriam traficantes de drogas. É verdade que essa região do Pacífico é notória por ser um corredor para o tráfico colombiano de drogas. Mas também é verdade que essas suspeitas são injustamente generalizadas para todos os mexicanos a bordo de barcos no Pacífico. Muitos mexicanos são, de fato, apenas pescadores que trabalham arduamente para ganhar o seu magro sustento com a pescaria. Alguns simples trabalhos de investigação jornalística naqueles primeiros dias talvez tivessem trazido à tona a verdade sobre aqueles caras: eles não possuíam nenhum histórico de tráfico de drogas, e eram realmente pescadores. Enfim, ninguém além dos três pescadores sabe o que realmente aconteceu no barco, e em algum momento nós temos de avaliar a veracidade e o caráter dos pescadores.

E há maiores razões para duvidarmos da mídia. Embora muitos condenem o estado da difusão de notícias nos Estados Unidos, as práticas do pretenso jornalismo em outros países costumam ser muito piores. E essa forma sensacionalista de recriar as histórias tende a ser a natureza da imprensa mexicana. Esta não pretende que o seu negócio seja jornalístico. As empresas que publicam revistas e jornais não são consideradas empresas de jornalismo; ao contrário, chamam a si mesmas de "empresas de mídia" e o seu negócio é simplesmente ganhar dinheiro. Os habituais pesos e contrapesos do jornalismo sério não estão presentes; em vez disso, governam as especulações e insinuações, tornando as publicações mais opinativas do que noticiosas.

Havia também a realidade do caldeirão político no qual os pescadores foram jogados involuntariamente. No dia 2 de julho, cinco semanas antes do resgate dos três pescadores, o povo do México votou nas eleições presidenciais. O presidente em exercício, Vicente Fox, era inelegível para concorrer a outro mandato. Felipe Calderón e Andrés Manuel López Obrador eram os dois principais candidatos.

Quatro dias depois, em 6 de julho, o Instituto Federal Eleitoral anunciou que Calderón havia ganho por uma diferença menor que 1% dos votos. O seu adversário alegou que houvera irregularidades na apuração dos votos e declarou-se vencedor. As coisas ficaram feias. No começo de agosto houve protestos inflamados pelas ruas — chegando a reunir até um milhão de pessoas, dependendo da fonte em que acreditarmos. Foi uma verdadeira luta de boxe de pesos-pesados com quinze assaltos, em que cada lutador comemorava como se a tivesse ganho, pensando que, quanto mais agisse como vencedor, maiores as suas chances de ser premiado com o cinturão de campeão. Cada candidato havia feito a sua pesquisa interna de opinião, que demonstrara que ele próprio sairia vencedor. Criou-se uma crise nacional.

Em julho e início de agosto, a mídia fez uma ampla cobertura da eleição, com os repórteres no aguardo e na esperança de que a situação explodisse. Novas histórias sobre "materiais" eleitorais sendo encontrados em depósitos de lixo serviram apenas para alimentar a especulação de que a eleição tinha sido arranjada de antemão. O jornal *Reforma* informou mais tarde que esses "materiais" eram fotocópias antigas que não tinham nada a ver com o resultado. Mas, no mundo da mídia, a eleição fraudulenta foi uma ótima história que durou algumas semanas.

Em resumo, a mídia já era cínica. Era composta por tubarões na água, em busca de sangue. Ver acontecer ao mesmo tempo uma história de fraude eleitoral e uma história de sobreviventes canibais e traficantes de drogas é o sonho tornado realidade para os meios de comunicação. São histórias que podem ser esticadas durante semanas ou meses. Cada uma delas garantia manchetes em letras garrafais, altos índices de audiência e grandes receitas brutas; e, por alguma estranha razão, um público que está disposto a consumir todas elas, em excesso.

Esse era o mundo para o qual os pescadores voltaram. Esse foi o espetáculo que assisti pela TV, não muito longe dali.

27. Volta ao Lar

Assisti à coletiva de imprensa realizada na Cidade do México a partir do meu quarto de hotel em Tepic, a capital de Nayarit, o estado onde se localiza San Blas. Silverio e Eduardo tinham me convidado, antes disso, a pegar um voo para a Cidade do México, de modo que eu já estivesse lá quando os pescadores descessem do avião vindo de Los Angeles. No último minuto, o prefeito de San Blas decidiu que ele e o governador iriam, em vez de um gringo desconhecido [eu], que não pertencia à cidade. Silverio, então, me pediu para encontrá-lo em Tepic, pois era para onde se supunha que os pescadores voariam ao deixarem a Cidade do México.

Então eu me dirigi sozinho a Tepic, registrei-me no hotel nessa tarde e me encontrei com Silverio, que detalhou o itinerário dos pescadores e me deu um dos seus telefones celulares para que eu pudesse contatá-lo com facilidade. Infelizmente, o celular estava sem créditos. Já que precisei sair para comprar créditos, aproveitei para comprar um terno de linho branco, pensando que, quando finalmente encontrasse os pescadores, eu deveria ter uma aparência profissional. Talvez eu tenha imaginado que o branco fosse uma cor persuasiva, até mesmo angelical. Bem, pareceu uma boa ideia nessa hora. (Nunca o usei.)

Eli assistiu a coletiva de imprensa na Cidade do México e traduziu tudo para mim pelo viva-voz. Era como assistir a um jogo de futebol com o volume da televisão no mudo, mas com o seu locutor de rádio favorito narrando todas as jogadas. As redes mexicanas de televisão estavam fazendo uma cobertura completa. (O que eu não sabia era que as redes norte-americanas também faziam uma cobertura completa, mas sobre a extradição do suposto assassino de JonBenét Ramsey).

O que vi na TV foi extraordinário. Os *flashes* das câmeras iluminaram a sala. Inicialmente, houve aplausos e depois alguns gritos de alegria. Era como se *los tres pescadores* fossem os primeiros astronautas mexicanos a chegar à Lua. Por um momento, pareceu uma grande celebração, mas então as coisas desandaram rapidamente.

— O que aconteceu? — Gritei através do viva-voz.

— Acabaram de perguntar se eles mataram os outros dois tripulantes — Eli respondeu.

— O que os pescadores estão dizendo? — Berrei.

— Um deles disse que não é verdade e que não têm nada a esconder — traduziu Eli. — E agora um repórter perguntou se eles fariam um teste com o detector de mentiras.

— O que eles responderam?

— Que sim — Eli anunciou.

A minha mente estava em disparada. Será que esses pescadores sem dinheiro, sem cultura e sem sofisticação foram capazes de algo tão grande como uma conspiração? Parecia que a mídia havia se convencido a acreditar que as piores possibilidades eram reais. Conforme assistia e ouvia esses homens receberem o rótulo de culpados, eu me tornava cada vez mais determinado a conhecê-los e ouvir a sua história em primeira mão.

Depois da coletiva de imprensa, Silverio me telefonou e pediu para eu ir até o aeroporto de Tepic. As minhas esperanças eram de que eu estava realmente prestes a conhecer os pescadores.

Mais cedo, eu havia ligado para a minha advogada nos Estados Unidos pedindo-lhe para contratar um advogado mexicano para mim. Se eu conseguisse falar com os pescadores e convencê-los de que eu era, como eles, um homem de fé e também a pessoa que melhor poderia contar a sua história, então eu ia precisar de alguém ao meu lado para atestar algum acordo a que pudéssemos chegar. Tudo que eu fizesse tinha de ser transparente e exposto de modo adequado, caso alguém estivesse tramando algo pouco honesto. Eu não era o cara certo para isso.

Acelerei em direção ao aeroporto e encontrei Silverio em meio à correria.

Ele me apresentou a um assessor do governador e a alguns repórteres. Estávamos conversando quando uma multidão de pessoas chegou. Tratava-se obviamente de uma família e, pelo visto, acompanhada de todos os parentes também. Descobriu-se que era a família de Lucio.

Não demorou e eu pude conhecer a todos: a mãe de Lucio, o pai, os irmãos e irmãs, assim como as suas sobrinhas, sobrinhos, tios, tias e a avó, Panchita. Pelo menos, quatro gerações estavam presentes.

Panchita, com seus 80 anos, era a matriarca da tribo, a líder inquestionável e a autoridade moral da família. Eu reparei como todos os membros da família tratavam-na com respeito. Ela se parecia muito com a minha mãe, tão amada por seus filhos, netos e bisnetos. Como a minha mãe, ela tinha obviamente comido o pão que o diabo amassou. Antes mesmo de eu encontrá-la, a presença de Panchita era uma força calmante.

Foram momentos estranhos, embaraçosos e intensos. Num minuto, havia ruídos; e o próximo era misteriosamente silencioso. Eu estava nervoso e excitado devido às minhas próprias razões, e os membros da família estavam compreensivelmente cheios de expectativa, mas não havia o que fazer e, é claro, eles não sabiam realmente quem eu era nem o que estava fazendo ali.

Tentei comunicar-me com eles com os olhos, um aperto de mão e um simples *"Hola"*. Mas não obtive grandes respostas. Para eles, eu era apenas mais uma ocorrência peculiar no mundo louco que abocanhou o seu filho, antes considerado morto.

As crianças eram as únicas a fazer barulho; corriam de um lado para o outro e brincavam em voz alta, como toda criança faz. Tenho certeza de que elas não sabiam o significado do momento, apenas que estavam num lugar estranho e que algo emocionante estava acontecendo. Não tenho certeza se sequer sabiam quem era Lucio ou se lembravam-se dele. Quando você é um garotinho com oito tios por parte de pai e oito por parte de mãe, imagino que fica difícil fazer a distinção entre aqueles que moram perto e aqueles que ficaram perdidos no mar durante nove meses.

Em meio à agitação das crianças, os membros adultos da família de Lúcio permaneciam quietos. Eu não poderia dizer se o silêncio era causado pelo puro cansaço de anos e anos de pescaria ou se eles estavam em algum nível de choque devido aos acontecimentos. Talvez ambos. Também estavam fora do seu lugar, fora do seu mundo, ali no aeroporto. Foi um dia estranho.

Mas, milagrosamente, o seu amado Lucio estava voltando para casa, para eles.

Olhei ao redor e notei que faltava algo.

— Onde estão as famílias de Jesús e de Salvador? — Perguntei ao assessor.

Então ele lançou a bomba sobre mim.

— Ah, eles não são daqui — disse. — Eles estão sendo mandados de volta para as cidades onde nasceram. Sinto muito que ninguém lhe tenha avisado.

28. Conexões Eletrizantes

Agora, reunir-me com os pescadores não seria apenas num único e grande encontro, mas, aparentemente, ia exigir três buscas separadas a fim de abordar cada um individualmente e convencê-los sobre a minha visão e propósito. *Suspiro*. É ótimo receber pequenos cutucões e ter o consentimento de Deus ao longo da jornada, mas não existe nenhuma garantia de que a viagem vai ser fácil.

O avião de Lúcio fez um círculo, sobrevoando o aeroporto de Tepic, e embicou para a aterrissagem. Uma multidão composta por membros da família, o bispo e a comitiva do governador estava parada na pista, a cerca de setenta metros de onde o avião havia estacionado. Centenas de outras pessoas assistiam por detrás de uma cerca, inclusive uma fanfarra com quinze músicos e muita gente da mídia.

Abriu-se a porta do avião e os passageiros começaram a sair. Algumas dezenas desceram as escadas. Depois ninguém mais saiu. Todos esperavam em silêncio. Finalmente, o prefeito de San Blas pôs os pés para fora do avião e, em seguida, o governador. O espetáculo não estava totalmente coreografado, mas havia nele uma sensação radiante, nítida, dramática.

E então Lucio apareceu na porta do avião. A sua cabeça se enfiou através da pequena abertura, e a banda começou a tocar, a multidão aplaudiu e a família soltou um suspiro coletivo.

Lucio desceu lentamente os quatro ou cinco degraus e começou a caminhar na direção da multidão de parentes. Quando faltavam cerca de vinte passos, a sua mãe caiu em lágrimas. Lucio acelerou o ritmo e começou a correr.

A cena foi eletrizante. A família permanecia em silêncio, dominada pela emoção, mas todos os outros ficaram saudando e cochichando. Foi um caos controlado até Lucio alcançar a sua mãe, e então se abriram as comportas. Lágrimas de alegria.

Todos foram testemunhas da ressurreição daquele homem, que retornou da morte.

Não estou certo se eu sabia como realmente tinha conseguido me envolver com esse momento e esse lugar. E, de novo, eu não sabia o que realmente fazia ali. A minha busca espiritual não podia ser explicada logicamente. Essa cena era improvável, para se dizer o mínimo; e, por alguma definição, divinamente organizada.

A multidão na pista chegava às centenas — nesse instante uma grande e feliz família. Era surreal, e eu parecia estar incrivelmente fora de lugar. Eu era uma das poucas pessoas que falavam inglês.

Eu nunca tinha visto antes um entusiasmo tão desenfreado como esse em adultos. Era uma alegria infantil por parte dos familiares; e expressões incontidas de amor por parte de amigos e membros da sua igreja cuja fé simples absorveu o antagonismo da mídia.

De repente, passei a fazer parte de um enxame de pessoas que se fecharam sobre Lucio, rodeando-o. Vi Silverio tentando guiar a afetuosa multidão, com Lucio no centro, na direção de uma saída para o estacionamento. Eu cooperei.

Houve um momento no caos em que Lucio olhou para mim. Os nossos olhares se cruzaram. Isso durou apenas alguns segundos, mas pareceu muito mais tempo. Algo nele me atraiu profundamente para aquilo que ele havia vivido. Percebi uma tristeza no seu espírito. Uma ruptura. Isso me surpreendeu porque era tão distinto da alegria e felicidade que fervilhavam nas pessoas ao seu redor.

Mais tarde, percebi que a dor de Lúcio não tinha nada a ver com o período passado no mar. Era um vazio que ele sentia por causa de uma relação difícil com os seus pais. Talvez ele tenha visto a mesma coisa nos meus olhos. Talvez ele conseguisse unir-se ao triste desejo que havia no meu coração: um anseio por um pai que me amasse.

As etapas finais das viagens dos pescadores para casa significaram a primeira vez em que estiveram separados em onze meses.

Fiquei sabendo mais tarde que, depois do desembarque no estado de Sinaloa, Jesús também foi recepcionado como um herói. Centenas de pessoas compareceram, segurando cartazes acima das cabeças ou carregando crianças sobre os ombros para que pudessem ter um vislumbre dele, enquanto gritavam e aplaudiam. Jesús passou os braços em torno do seu irmão pela primeira vez em quase um ano.

Quando chegou à sua aldeia, Las Arenitas, ele deu um abraço apaixonado na sua jovem esposa, Jocelyn, que ficara desesperada por acreditar que tinha perdido o marido e teria de criar sozinha o filho pequeno e a bebezinha de quatro meses.

Ele viu a sua filha, Juliana, pela primeira vez.

Jesús chorou.

Seguiu-se uma enorme celebração, parecida com as do Quatro de Julho nos Estados Unidos, completada com um espetáculo de fogos de artifício: uma cruz brilhantemente iluminada e cintilante; uma roda giratória de 15 metros de altura, com múltiplas explosões; e centenas de fogos em forma de foguetes, subindo vertiginosamente para a atmosfera carnavalesca.

Para Salvador, voltar para casa era diferente. Ele voou para Oaxaca, no centro sul do México. Foi recebido praticamente sem qualquer alarde e com um silêncio desconfortável por parte das irmãs, que ele não encontrava havia anos. Funcionários do governo tinham assumido que ele preferiria ser levado para a sua região de origem. Mas deduziram errado; havia muito tempo que Salvador esquecera a sua vida lá. Poucas pessoas o conheciam.

No entanto, ele era uma celebridade, por isso uma pequena celebração foi realizada em sua homenagem, e soltaram alguns rojões no final. Por um momento, o outrora obscuro operário e pescador diarista era o homem mais famoso da cidade, mesmo que nenhum dos celebrantes realmente o conhecesse.

29. Os Intermediários

No prazo de vinte e quatro horas tudo desabou.

O advogado que eu havia contratado veio me procurar. Logo percebi que ele ainda não tinha terminado a faculdade de Direito. Basicamente, era apenas um tradutor que cobrava cem dólares a hora. No entanto, um bom rapaz.

Naquela noite, Lucio, a sua família e os amigos festejaram num motel das vizinhanças. Pedi que Silverio me arranjasse algum tempo com Lucio. Eu queria explicar-lhe a minha visão da sua história, e eu também tinha ideias de como ele e os outros poderiam responder às acusações que a imprensa estava fazendo. (Eu tinha aprendido algumas coisas durante o meu período em Hollywood e em torno de Hollywood; eu sabia algo sobre como as celebridades manobravam a mídia.)

Eu também queria que Lucio soubesse que eu não era um desses sujeitos de Hollywood que chegam a um acordo sobre os direitos autorais da história e depois criam um filme qualquer, que acham que vai ser um sucesso de bilheteria. Eu queria retratar a verdade da provação deles, a realidade de suas vidas e a fé que, finalmente, os resgatara. Eu só queria uma chance para lhes dizer isso.

Secretamente, eu também esperava por uma oportunidade de trocar algumas palavras pessoais com Lucio sobre o que ele havia passado, não apenas no Pacífico, mas também na vida. Eu não sabia se ele conseguiria compreender que eu, também, estive à deriva e sem esperanças. Gostaria de saber se ele tinha visto nos meus olhos o que eu tinha visto nos seus.

Silverio concordou em marcar uma reunião com Lucio para o dia seguinte. Um almoço no Hotel Casa Mañana.

Silverio ainda não havia pedido dinheiro, o que era encorajador, embora eu tivesse oferecido recompensar a sua ajuda. Enquanto isso, o ritmo do aprendiz de advogado estava a toda velocidade vinte e quatro horas por dia, sete dias por semana. O plano era ele estar ao meu lado durante vários dias a 2.400 dólares a diária, mais as despesas.

Dava para ouvir o ruído da sucção que esgotava o meu fundo de pensão.

Quando, vinte e quatro horas mais tarde, cheguei ao restaurante, Silverio estava esperando com Eduardo. Aparentemente, eles eram agora os agentes de Lucio. As coisas haviam chegado a este ponto: uma negociação difícil acontecera logo antes, apenas para conseguir cinco minutos com Lucio.

— Bem, como você deve imaginar — Eduardo disse lentamente, — existem outras ofertas.

Eu havia negociado milhares de acordos nos meus dias de estúdios. Eu aprendera na melhor "escola" que o mundo dos negócios já tinha visto. Nós operávamos segundo a estratégia do "menos é mais" na maioria das vezes. Quanto menos informações você revelar, mais força terá em sua posição na hora de negociar. Isso mantém todos em expectativa. A última coisa que eu jamais faria é discutir, ou sequer mencionar, alguma coisa sobre as outras partes interessadas. Se eu fizer alusão à competitividade de uma negociação, isso será como se, exatamente no derradeiro segundo, a porta se fechasse para a minha oferta final e melhor... Você sabe como é: *Quem dá mais? Quem dá mais? Vendido...!*

Certamente, eu não estava tentando conduzir um negócio desleal com os pescadores. A sua história era algo que valia a pena, e era uma oportunidade para eles conquistarem uma vida mais fácil. Eu queria realmente o melhor para eles — mesmo que a minha tentativa desse em nada. O que me deixou preocupado foram os sujeitos entre mim e eles — esses "agentes". Eu não acreditava que algum acordo firmado pudesse redundar totalmente em benefício dos próprios pescadores. As habilidades do velho Joe estavam ao alcance da minha mão, e eu sabia que talvez precisasse jogar um pouco duro.

O subterfúgio no início da conversa de Eduardo, sobre as outras ofertas, revelou-me muita coisa. Eu suspeitei que, provavelmente, não havia ninguém. Decidi cair no seu blefe:

— Sabem de uma coisa, rapazes? Desisto. Embarco no próximo avião para longe daqui. Obrigado, mas para mim basta.

Disse-lhes que, se tivessem realmente outras ofertas, deviam aceitar uma delas porque a imprensa já estava chamando os pescadores de traficantes de drogas, assassinos e canibais. A história estava para ser escrita, com ou sem eles (os agentes), e a verdade ficaria em último plano em relação a qualquer coisa que vendesse mais jornais.

Eu fiz a minha proposta deslizar sobre a mesa:

— Aqui está a minha oferta. Vocês sabem onde me encontrar.

Levantei-me para ir embora.

— Façam-me um favor — eu completei — e façam um favor aos pescadores. Aceitem uma oferta. Qualquer oferta.

Então saí. Arrumei as malas e peguei o primeiro voo.

30. Não. Talvez. Sim.

Carmen me apanhou no aeroporto de Atlanta. Havia muito tempo que ela não sabia nada sobre os acontecimentos da minha viagem. Francamente, nós nos comunicamos muito pouco durante os dez dias em que estive ausente; muitas vezes, as circunstâncias tornaram impossível que eu ligasse para ela. Além disso, ela não fazia ideia de todas as coisas que estavam acontecendo dentro de mim.

Quando entramos no carro, pude ver que ela estava ansiosa. Tinha sido difícil para ela segurar as pontas por tanto tempo assim.

— E então? — Ela perguntou baixinho. Essa era uma pergunta que ela tinha todo o direito de fazer.

— Não cheguei a me encontrar com os pescadores — respondi. Eu mal conseguia suportar olhar para ela.

— Quanto dinheiro você gastou nessa viagem? — Ela perguntou. Não havia qualquer indício de raiva na sua voz, apenas uma preocupação real, o que só fez com que eu me sentisse pior.

— Eu não sei e não quero saber.

Não nos falamos pelo resto do caminho até em casa.

No dia seguinte, no escritório, fui recebido pelos meus colegas com um tratamento reservado.

Tentei explicar.

— Essa é uma história de proporções épicas que poderia inspirar milhões de pessoas — eu disse, acreditando nas minhas próprias palavras, mesmo que ninguém mais acreditasse. — Sinto que estou sendo chamado para fazer isso. Penso que Deus tenha grandes planos para...

— Não se encaixa na nossa linha editorial — disse um dos sócios. Essas palavras ecoavam as que eu tinha ouvido antes de viajar. Ele estava certo e eu sabia disso. *Mas o que dizer sobre tudo que tinha acontecido na minha viagem?* Eu me perguntei. *Tudo aquilo foi apenas uma série de coincidências?*

Parecia que todo o projeto acabara e que eu havia me consumido numa busca absurda de algo inatingível. Comecei por mim mesmo: *A minha esposa achava que eu estava indo longe demais. Os meus sócios queriam que eu caísse fora. Eu não receberia mais nenhum salário, e já havia mordido uma grossa fatia do meu fundo de pensão no meu verão do Joe.*

Eu me sentia aniquilado. *Como pude ser tão idiota?*

Mais uma vez, Carmen foi gentil comigo. Ela sabia como eu estava decepcionado e, embora tivesse certamente o direito de esfregar isso na minha cara, ela não o fez. Deixou-me em paz, enquanto eu vagueava sem destino pela casa. Um monte de grama teria de ser cortado para que a minha confiança fosse recuperada.

Algumas noites mais tarde, recebi notícias de Armando. Sim, o sujeito que surgiu do nada para se transformar num dos meus anjos. Mais uma vez, ele surgiu do nada, dessa vez sob a forma de um e-mail que me pedia para lhe telefonar. Ele dizia que estava na companhia de dois dos pescadores, Jesús e Salvador.

Liguei-lhe logo em seguida e perguntei o que os homens pensavam sobre a minha oferta. Ele disse que eles nunca chegaram a ouvir coisa alguma sobre ela. Eu propus a Armando que, se ele conseguisse marcar um encontro dos pescadores comigo, eu pegaria o próximo avião para o México. Ele disse que faria um esforço.

Considerei isso um tiro no escuro, mas, em todo caso, queria estar preparado.

Para a semana seguinte, eu já tinha planejado uma viagem ao Colorado para uma expedição espiritual, chamada Aventuras do Coração, com um grupo formado só por homens. Eu ia embarcar numa missão para tratar de questões masculinas, com vinte e quatro irmãos, no Redcloud Ranch, e escavaríamos profundamente dentro de nós mesmos para descobrir quem realmente éramos. Eu tinha uma maravilhosa e amorosa esposa e duas lindas e talentosas filhas; todas elas me amavam e mereciam nada menos do que isso. Se eu quisesse que as coisas fossem diferentes para as gerações futuras, cabia a mim mudá-las.

Eu sabia que não tinha sido sempre o melhor marido e pai, mas estava determinado a ser o melhor possível a partir de agora. Eu queria continuar a desfazer os danos causados pelo meu relacionamento com o meu pai. Eu não sabia na época, mas esse estudo das minhas experiências colaboraria para a cura da crueldade, do abuso físico e emocional, e da vergonha durante a minha infância. Talvez, então, eu pudesse começar a me tornar o pai que Deus destinou-me a ser, e não repetir a história da minha família, transmitida geração após geração.

Liguei para o líder da expedição, Reese, um pastor e amigo, deixando-lhe a mensagem de que talvez eu não pudesse comparecer ao retiro no Colorado porque havia a possibilidade de eu voltar ao México.

Ele respondeu à ligação no dia seguinte.

— Joe — disse ele, — volte para o México se você realmente acha que é necessário, mas se essa história for algo de que Deus quer que você faça parte, então você fará, e não há muito o que você possa fazer quanto a isso. Se Ele não quiser que você faça parte de algo, então você não fará, e também não há nada que possa fazer quanto a isso. Se essa história estiver destinada a você, ela vai estar à sua espera quando voltar do Colorado.

Acreditei nele. O seu conselho foi o início de uma nova compreensão para mim: confiar em Deus, com resultados. Então saí de casa por mais uma semana, mas voei para o Colorado, que acabou sendo o destino certo. Comecei a compartilhar toda a história que acontecera comigo no México, e tive uma oportunidade de estar no país de Deus, ouvindo-O todos os dias entre as montanhas majestosas que Ele criara.

Enquanto eu estava lá, Reese deu-me outro bom conselho.

— Se você tem a intenção de viver no Reino de Deus — ele disse, — vai ser necessário cada grama da paixão e da força que obtiver. As coisas podem se tornar precipitadas. É por isso que foi dado a você um coração arrebatado. — Então ele me olhou diretamente nos olhos e perguntou: — Você não tem nada melhor para fazer com a sua vida?

Dããã!

No último dia do retiro, Reese nos deu uma fotocópia de uma oração de proteção e sugeriu que sempre começássemos os nossos dias com ela:

Pai, obrigado por Seus anjos. Eu os invoco na autoridade de Jesus Cristo e libero-os para guerrear por mim e por meu lar e por minha vida e por minha esfera de influência. Obrigado por aqueles que rezam por mim. Sei muito bem que preciso dessas orações. Eu Lhe peço para enviar o Seu Espírito e elevar esses homens e mulheres, despertá-los, uni-los, formá-los e encaminhá-los, inspirando-lhes várias orações e intercessões por mim. Eu evoco o Reino do Senhor Jesus Cristo neste dia em toda a minha casa, minha família, minha vida e todas as áreas da minha influência. Rezo por tudo isso em nome de Jesus Cristo, com toda a glória e honra e gratidão a Ele.

Nessa mesma tarde recebi notícias de Silverio, dizendo que os pescadores estavam prontos para se encontrar comigo na manhã de terça-feira, no Hotel Casa Mañana.

31. Cutucões

A terça-feira estava quase chegando, então decidi que, em vez de voar de volta para Atlanta, faria mais sentido pegar um voo direto para o México. Mais uma vez, Carmen tratou essa notícia com leveza.

Três dos participantes da expedição espiritual disseram que sairiam mais cedo para o aeroporto de Denver e perguntaram se alguém precisava de carona. Eu estava louco de vontade de voltar ao México, e o fato de ir para um aeroporto o mais cedo possível me faria dar um passo na direção do meu objetivo, portanto agarrei a oportunidade.

Às 4h30 da manhã, nós nos amontoamos no carro para uma viagem de seis horas até o aeroporto, e um sujeito chamado Lee dirigiu, enquanto eu copilotava. Em algum lugar entre Gunnison e Denver, Lee me fez uma pergunta.

— Ouvi os mais variados trechos da sua história: sua infância, uma transformação, os pescadores e o México. Será que você pode começar do começo e me contar toda ela?

Até esse momento, eu havia contado a minha história pessoal apenas algumas vezes, e nunca tinha discutido com alguém os detalhes do que acontecera alguns dias antes no México. Então fui em frente e contei-lhe tudo, de cabo a rabo. Enquanto eu falava, os outros dois, que vinham roncando havia tempos no banco traseiro, acordaram e também ouviram. Três horas mais tarde terminei.

Eles estavam atordoados. *Eu* estava atordoado. Não era apenas o material da infância, ou a carreira em Hollywood, ou a luta para vencer a dependência e a depressão, ou a história dos pescadores, ou as minhas experiências recentes com Deus.

Era tudo isso.

Quando nos separamos no aeroporto de Denver, trocamos os nossos dados de contato. Um dos sujeitos perguntou se eu compartilharia a minha história na sua igreja. Aceitei com prazer.

Como eu podia reaver o dinheiro da minha passagem de volta a Atlanta, em favor de um bilhete para o México, liguei para Eli e para o aprendiz de advogado, pedindo-lhes para me encontrarem em San Blas, no Casa Mañana.

No voo para o México, comecei a pensar sobre como tudo isso se tornara maravilhoso — e surpreendente. Gostaria de saber o que estaria passando pela mente de Carmen sobre esse empreendimento "vai não vai". *Ele está completamente maluco!* Essa era realmente a única conclusão lógica a que ela poderia chegar. *Certo?*

Rapidamente, preparei uma apresentação simples no Power-Point (sim, no PowerPoint em inglês, nem mais nem menos). Eu estava pronto, finalmente, para me encontrar com os três pescadores. Se, de fato, isso fosse acontecer.

Eu ainda tinha as minhas dúvidas.

Quando se abriram as portas da sala de reunião, o meu "time" mexicano — Silverio, Eduardo e Armando — e apenas um dos pescadores, Salvador, entraram acompanhados de uma comitiva de amigos, funcionários públicos e o padre da paróquia. Eu havia mandado vir, por avião, o aprendiz de advogado, para me servir de testemunha, e Eli, para traduzir.

Apesar de eu não conseguir entender espanhol, fiquei surpreso ao ouvir um tom agressivo proveniente da comitiva de Salvador.

— Eli, o que está acontecendo? — Perguntei.

— Eles dizem que não estão recebendo o suficiente — respondeu ele, por entre toda aquela discussão.

O quê?

— Por favor, peça-lhes para parar — eu disse a Eli.

Ele levantou as mãos, fazendo o sinal internacional de "acalmem-se", e todos obedeceram.

— Eli, por favor, peça-lhes para me darem apenas alguns minutos para eu explicar como cheguei aqui... e por que estou aqui.

Eli prendeu rapidamente a atenção deles com a tradução. Todo mundo se sentou ao redor de um grupo de mesas dispostas em forma de ferradura.

— Diga-lhes que, se não gostarem do que tenho a dizer, arrumamos nossas malas e vamos embora para nunca mais incomodá-los. — Isso pareceu colocá-los mais à vontade, conforme iam assentindo, o que acendeu o sinal verde para mim.

Comecei a falar e Eli foi traduzindo a minha história inteira, com todas as suas voltas e reviravoltas. Dava para perceber que ele estava explicando tudo perfeitamente. Ele retransmitiu toda a minha jornada: A minha experiência em Hollywood, com o estúdio. O momento em que Victoria me contou sobre a história dos pescadores. A atração inexplicável que essa história exercia sobre o meu coração e que me levou a arriscar tudo para vir encontrá-los. A visão que eu tinha de uma história sobre a fé que poderia inspirar milhões de pessoas. Todas as "coincidências" que eu havia vivido durante essa busca misteriosa.

Depois de trinta minutos de iniciada a história, o padre Pedro, um sacerdote de 80 anos de idade, levantou-se e começou a falar diretamente para Salvador.

Eu me inclinei na direção de Eli e sussurrei:

— O que ele está dizendo?

— Ele deu simplesmente a sua bênção — Eli transmitiu. — Ele diz que é possível ver o tipo de homens que somos, que somos homens de Deus. Que isso é a divina providência.

Depois dos comentários do padre, Salvador disse que "sim".

Fiquei me perguntando o tempo todo por que Lucio não estava nessa reunião. Ele era o único dos três que pertencia realmente à região. Verificou-se que era porque ninguém conseguira encontrá-lo. Ele sumira havia cerca de uma semana. Parece que ele seguia um padrão de desaparecer por vários dias a cada vez. Provavelmente, eu também faria o mesmo se vivesse onde ele vive. Sugeri que fôssemos até a sua casa, a uma hora de distância, e procurássemos por ele. Eli e o aprendiz de advogado voltaram para a Cidade do México.

Salvador, Eduardo e mais uma dupla se amontoaram no meu carro. Fomos para a casa da avó de Lucio, que era onde ele vivia, juntamente com seis dos seus tios. Mas ele não estava lá.

Em seguida, tentamos a casa de outro tio. Novamente, Lucio não estava lá, mas esse tio, Remigio, estava. O tio Remigio tinha seus 45 anos, com cabelos grisalhos manchados e uma voz que soava como se estivesse cantando. Ele me cumprimentou com um aperto de mão, vestindo apenas calças. Sem camisa. Sem sapatos. Somente calças. Ele e eu somos mais ou menos da mesma idade, mas ele aparentava 60 anos. As suas mãos e pés eram ásperos e desgastados, tal como a luva de um experiente apanhador de um time de beisebol.

Então passei a minha apresentação do PowerPoint para um homem sem camisa, sem sapatos, enquanto várias outras pessoas (suspeitei que eram parentes de Lucio) olhavam. Duvido que tenham entendido alguma coisa. Depois disso, desliguei o computador e perguntei ao meu público, com a ajuda de Eduardo:

— Onde está Lucio?

O seu tio foi o único a responder, levantando os ombros. Ele não fazia ideia.

Logo depois, encontrei Lucio, finalmente, à medida que ele vinha andando à toa pelo caminho.

Ele tinha um enorme sorriso no rosto e parecia contente por ver Salvador. Não me reconheceu como alguém que esteve na loucura no aeroporto de Tepic. Tenho certeza de que tudo que ele experimentou desde sua volta à terra firme permanecia oculto atrás de um nevoeiro.

Fiz uma versão resumida da apresentação novamente e, ao final, perguntei o que Lucio pensava sobre o caso. Salvador disse algo em espanhol para Lucio. Lucio disse algo em espanhol para o seu tio, que confirmou com a cabeça. Lucio me olhou, sorriu e fez um sinal de "OK" para mim e confirmou com a cabeça.

Isso era tudo de que eu necessitava. Salvador e Lúcio estavam a bordo. As coisas estavam realmente acontecendo. Agora, tudo que eu precisava fazer era encontrar Jesús.

Felizmente, alguém tinha um pedaço de papel com o número de telefone de Jesús. A tia de Lúcio desapareceu dentro do casebre e voltou com um aparelho de telefone na mão, desenrolou o fio e ligou-o a uma tomada externa. Ela discou os números e entregou o telefone para Salvador, que repetiu a Eduardo tudo que estava ouvindo da outra extremidade da linha.

Depois de uma breve troca de ideias com Eduardo, eu descobri que Jesús não queria ser incomodado. O governador do seu estado viria vê-lo na semana seguinte.

Na semana seguinte? Eu só precisava de trinta minutos com o sujeito. Eu não podia imaginar que ele estivesse com um compromisso atrás do outro entre esse dia e a semana seguinte, a menos que tivesse contratado um relações públicas e agendado entrevistas com Oprah Winfrey, Dave Letterman e Jay Leno, e, para completar, com Regis Philbin e Kelly Ripa.

Tive de forçar um pouco a barra. Pedi para Eduardo dizer a Salvador que dissesse a Jesús que eu não poderia esperar, que eu gostaria de ir onde quer que ele estivesse, mas precisava ser até amanhã. Jesús finalmente concordou. Nós nos encontraríamos às 10h da manhã seguinte diante da catedral de Mazatlán, a cerca de seis horas de viagem para o norte, através da selva.

Já eram 17h da tarde. Caso houvesse problemas, eu não queria esperar até de manhã para partir. Pedi a Eduardo que traduzisse para os outros que eu gostaria de viajar a Mazatlán naquela noite. Recebi olhares zombeteiros. Eles consideravam que a viagem era traiçoeira na escuridão da noite. Eduardo disse bruscamente que eles não viajariam para lá a essa hora.

— Muito perigoso.

Mas eu não podia assumir o risco de faltar ao encontro com Jesús, portanto resolvi me arriscar e dirigir para lá durante a noite.

Pedi a Eduardo que levasse Lucio e Salvador na manhã seguinte bem cedo. Eduardo dirigia um furgão Chevy 1972 azul, que tinha rodas com aros enferrujados e em forma de favos de mel, um exterior mal retocado, um interior de veludo azul e sem ar condicionado. Carinhosamente, eu me referia a ele como A Máquina Mistério do Scooby-Doo. Dei a Eduardo 2.000 pesos para alimentação e combustível, e esperei pelo melhor.

Assim, em menos de uma hora, eu me vi dirigindo através da selva mexicana, dessa vez à noite, novamente sem um mapa. As minhas únicas indicações: "Continue pela estrada para Tepic até o fim, então vire à esquerda e vá em frente pelas próximas cinco horas." Além de um punhado de pessoas em San Blas, ninguém sabia onde eu estava. Se, por alguma razão, eu acabasse no fundo de uma dessas ravinas na selva, nunca seria encontrado.

Surpreendentemente, consegui fazer a viagem sem grandes problemas.

Era por volta de uma da manhã quando cheguei, e estava exausto. Parei num ponto de táxi e perguntei onde poderia achar o melhor hotel da cidade. Mazatlán é uma cidade *resort*, e eu estava pronto para uma boa cama. Vários dos taxistas apontaram para o edifício onde os seus táxis estavam estacionados. Eu me sentia tão cansado que acabei confiando neles. Peguei um quarto no Pueblo Bonita e tive a melhor noite em semanas.

Acordei por volta das 7h; vesti uma camiseta, um par de shorts e chinelos; agarrei a minha Bíblia; e desci ao térreo, passei pela piscina e fui até o restaurante pegar uma xícara de café. Os funcionários do hotel zuniam em torno da propriedade, em suas bermudas caqui, camisas com estampa de flores e tênis, limpando tudo que estivesse à vista. Às vezes, eu falo de brincadeira que os mexicanos costumam limpar o barro, mas é verdade. Não consigo dizer a você quantas vezes assisti a uma mulher curvada sobre um caminho embarrado, varrendo-o e tentando tornar o barro tão limpo quanto possível.

Ao longo de toda essa aventura louca, eu tinha sido tratado gentilmente por quase todo mundo que encontrara no México e, nesse momento, eu me sentia muito grato. Desci para a praia, peguei uma cadeira e afundei-me nela. Eu havia dobrado e guardado na minha Bíblia a oração que ganhara na viagem ao Colorado, então aproveitei para lê-la em voz alta. Quando terminei, curvei a cabeça novamente, sentindo a necessidade de algo mais. Aí estava. O Grande Dia. A primeira vez em que eu me encontraria com todos os três pescadores num só lugar.

As apostas eram altas, e a dúvida logo começou a entrar furtivamente. Eu tinha visto o que julgara ser sinais surpreendentes ao longo das últimas semanas. Eu sentia como se cada um desses sinais pretendesse me revelar que eu estava no caminho certo. Mas, nesse dia, a minha fé estava abalada, e eu precisava de mais um gesto de aprovação. Portanto, orei: *Tudo bem, Deus, Você já provou tantas coisas para mim nas últimas semanas, e parece que este é o lugar para onde Você esteve me trazendo. Se isso for realmente o que Você quer que eu faça, então vou me empenhar com todas as minhas forças. Mas, Deus, eu preciso que Você me confirme algumas coisas mais uma vez.*

Eu esperava por uma cruz iluminada no topo da montanha, ou um raio saindo de um céu cor de anil, ou os mares se abrindo — sabe como é, uma confirmação de proporções bíblicas de que eu não estava louco. Mas, quando levantei os olhos, não havia nenhuma cruz, nenhum raio e nenhuma divisão das águas. Fiquei lá sentado, me sentindo um tanto tolo. Talvez eu tivesse pedido por um sinal excessivas vezes. Talvez Deus estivesse sentado no Seu trono no céu, revirando os olhos. Talvez Ele já tivesse feito todo o possível por mim. Talvez Ele estivesse levantando as mãos e dizendo: "Já chega!"

Ah, que idiota eu era. Estava pedindo sinais ao Alfa e o Ômega nos *meus* termos. Comecei a rir pelo absurdo da situação. Eu tinha chegado até aqui e com tantos acenos de Deus, que não havia dúvidas sobre isso, mas ainda assim estava exigindo uma confirmação a mais para amparar a minha fraca fé. Sentindo-me tolo, subi as escadas de acesso à praia e comecei a me dirigir para o meu quarto a fim de me arrumar para a reunião com os pescadores.

Então, senti-o. Outro cutucão.

Era como uma voz, mas não uma voz audível. A sugestão sussurrou: *Volte lá e pergunte àquele rapaz qual o seu nome*. No deque, a quase vinte metros na direção oposta, vi um dos funcionários do *resort* de costas para mim, instalando os guarda-sóis à beira da piscina. Fiz uma meia-volta e caminhei diretamente até ele. Quando cheguei à distância de um metro, parei. Ele não fazia ideia de que eu estava logo atrás das suas costas.

— *¿Cómo se llama?* — Perguntei. Fui atingido antes mesmo de ele começar a se virar. Eu sabia o que estava prestes a acontecer. Em primeiro lugar, sabia que Deus estava rindo de mim por eu tentar levá-Lo a fazer as coisas à minha maneira; e, em segundo, tive uma sensação que só posso descrever como elétrica e sobrenatural. Eu podia percebê-la de modo tão claro, como se estivesse olhando para ela. Eu sabia qual o nome dele antes de ele se virar - *Jesús*.

Ouvi-o dizer o nome no mesmo momento em que o seu crachá entrava no meu campo de visão. Eu só estava começando a aprender que Deus raramente faz as coisas da maneira que eu espero. Ele faz as coisas à Sua maneira; às vezes, com gestos grandiosos e abrangentes; e, em outras vezes, com sussurros sutis. Jesús era o único pescador que eu ainda não conhecia, e eu tinha me deixado ficar apreensivo com esse encontro.

Ali estava outro Jesús, colocado no meu caminho no momento exato da minha maior dúvida.

32. Confiança

O que aconteceu em seguida é como uma névoa.

Dirigi até o centro da cidade para a minha reunião com os três pescadores e estacionei a poucos quarteirões de distância da praça principal. Sentei num banco no lado oposto ao da catedral, com vertigens por causa da expectativa. Era perto de 9h15 e Jesús, o terceiro pescador, devia chegar às 10h. Passei esse tempo oscilando entre a esperança e o desapontamento. Fiquei sabendo mais tarde que Jesús nunca chegava na hora marcada; uma pequena informação que me teria sido útil conhecer. Eu estava perdendo a cabeça.

O relógio passou das 11h, dali a pouco já eram 11h30 e nenhum sinal de Jesús ainda. O meu coração se afundou. Veio a preocupação de que talvez a gente tivesse se desencontrado, de que talvez ele já tivesse vindo e ido embora. Eu caminhava ao redor da praça, espreitando em algumas lojas. Uma dúzia de cenários passou pela minha mente: *E se Jesús fosse o único a resistir à negociação e se só me restasse assinar um contrato com dois dos pescadores?* Fiquei remoendo sobre esse bocado intragável durante algum tempo e, então, o foco mudou e eu me perguntei sobre Eduardo: *Por que ele não estava aqui? E se ele tivesse levado Salvador e Lucio para outra pessoa? E se realmente houvesse outra oferta?* Examinei detalhadamente cada uma dessas possibilidades e voltei para o meu banco da praça.

Às 12h15, dois sujeitos atravessaram a rua e vieram na direção em que eu estava.

Sim, sem dúvida! Era Jesús! Pulei do banco, tão aliviado que balbuciei o seu nome à medida que passavam diante de mim. Jesús se virou e sorriu.

— *Hola*, Jesús, *mi amigo* — eu disse. — *Me llamo* Joe.

Ele me olhou surpreso por eu estar falando espanhol. *Eu* fiquei surpreso por estar falando espanhol! Aproximei-me dele com a mão estendida, e ele estendeu a sua e apertou a minha ansiosamente, lançando uma artilharia de perguntas em espanhol. Já que eu tinha aberto o diálogo em espanhol, ele pensou que eu falava a língua. Tentei acompanhar, debilmente, e penso que ele talvez tenha apresentado o seu amigo, cujo nome não entendi.

Perguntei a Jesús se ele estava com fome, enquanto apontava no sentido da pizzaria local. Não tenho certeza se eles entenderam, mas comecei a andar em direção ao restaurante, e eles me seguiram. Eu mantive os olhos atentos à presença de Eduardo e do resto da gangue, mas não havia nenhum sinal deles. Essa foi a primeira das muitas vezes em que eu quis acertar um soco em Eduardo, mas ele era o meu tradutor e eu precisava dele. Gesticulei a Jesús e seu amigo que fizessem o pedido, enquanto eu ligava o *laptop* e punha para rodar a minha apresentação. Apesar do meu limitado espanhol, pensei que estava fazendo um bom trabalho porque Jesús parecia interessado e inclinava ocasionalmente a cabeça para a frente. (Mais tarde, vim a saber que, para a cultura mexicana, balançar ocasionalmente a cabeça também pode indicar que a pessoa não faz a menor ideia do que você está falando.) Jesús estava apenas sendo educado.

No entanto, quando cheguei à parte referente ao dinheiro, Jesús examinou cuidadosamente os números. Quase esperei que ele sacasse de algum lugar uma viseira verde, como se trabalhasse em alguma grande empresa de contabilidade. Pelo jeito, ele era fluente na língua universal "Quanto isso vai render para mim?". Ele levantou os olhos do papel em que estavam os números e disse: "*Más*". O pescador com nível de escolaridade elementar já estava negociando para obter mais.

— Talvez — eu disse, resguardando a minha aposta. — Pode ser mais, pode ser menos. — Ele olhou para os números novamente e resmungou algo que entendi.

— Esse valor seria só para mim?

— Não — respondi. — Isso é para *los tres* pescadores, não para *uno* pescador. — Ele sacudiu a cabeça violentamente, o que me fez compreender que a proposta não era aceitável.

Finalmente, a pizza deles chegou. Pedi licença e fui procurar Eduardo. Encontrei-o, junto com os outros, vagando em volta da praça e suando como se tivessem acabado de sair de uma sauna, ou do furgão do Scooby-Doo. Conduzi-os para o interior da pizzaria e convidei-os a fazer seus pedidos. Eles não estavam interessados em comer; apenas queriam falar com Jesús.

Essa seria a segunda vez em que tive vontade de socar Eduardo. Ele começou a falar com Jesús. Eu passara semanas tentando reunir esses sujeitos numa mesma sala, mas Eduardo, de repente, decide que é ele quem tem todas as cartas na mão. Ele atacou Jesús em espanhol, ignorando os meus pedidos de uma tradução. Tudo que eu podia fazer era assistir Jesús ficar irritado, levantar a voz e dizer "não" para algo que, evidentemente, eu não conseguia entender porque Eduardo não estava traduzindo. Na verdade, Eduardo me descartava como se eu fosse um intruso.

Eu estava prestes a arrancar os meus próprios cabelos. *Depois de tudo que aconteceu, Eduardo está me sabotando?*

Salvador e Lucio pareceram desnorteados por alguns momentos. Então, todos em volta da mesa começaram a gritar uns com os outros ali, na pizzaria mexicana, enquanto eu permanecia sentado, de boca aberta, assistindo tudo se desintegrar diante dos meus olhos.

— O que está acontecendo aqui? — Perguntei com a minha voz mais séria.

— Jesús quer que um advogado olhe os contratos —Eduardo lançou de volta, — e eu disse que ele tem que assinar agora.

— Você não é advogado — eu disse, exasperado, — e você não é o meu negociador. A única coisa que você devia estar fazendo agora é traduzir. Nada mais.

— Eu sei como lidar com esses caras — ele insistiu.

— Ele não tem que assinar nada agora — falei, com firmeza. — Claro que ele pode pedir para um advogado olhar isso.

Liguei para Eli, na Cidade do México, em parte porque eu sabia que ele seria capaz de lidar com a situação, mas, principalmente, porque eu precisava fazer algo com as mãos, para evitar esmurrar Eduardo.

— Eli, preciso de sua ajuda aqui. Jesús está prestes a acertar um soco em Eduardo, e eu também. Eduardo está dizendo que Jesús tem que assinar esse documento agora. Por favor, fale com ele. — Tentei passar o telefone para Jesús, mas ele recusou.

— Eli — eu disse, — ele não vai pegar o telefone.

— Joe, ele não vai falar comigo porque não me conhece. Me deixe falar com um dos outros.

Eu não pretendia passar o telefone para Eduardo, então o passei para David, um amigo de Salvador que viera com ele. David e Eli tiveram uma breve conversa, e depois David conversou com os outros homens da mesa. De repente, todos estavam acenando a cabeça amigavelmente. David me entregou de volta o telefone.

— O que aconteceu? — Perguntei a Eli.

— Eles concordaram em nos deixar contar a sua história, enquanto aguardamos que um advogado veja o documento. Eles vão assinar uma carta de intenções hoje.

Fiquei aliviado, mas também plenamente consciente de que, se algo ainda pudesse dar errado, provavelmente daria. Eu precisava conduzir o processo com muito cuidado nas próximas horas.

Já que somente Jesús e seu amigo haviam comido, convidei a todos para o almoço. Eu queria levá-los a algum lugar tranquilo e agradável, talvez um estabelecimento com toalhas de mesa e guardanapos de linho. Tinha a esperança de que todos nós pudéssemos conversar com calma, até mesmo em termos pessoais, e eu queria manter todos juntos, enquanto uma carta de intenções fosse preparada para que eles assinassem.

Perguntei a Eduardo se ele conhecia algum restaurante assim. Ele disse que estava bastante familiarizado com Mazatlán e conhecia um lugar no Sands Hotel que seria perfeito — na praia.

Nós nos amontoamos nos dois veículos, o meu carro alugado e o furgão do Scooby-Doo. Quando entramos no restaurante, às 13h30, uma mulher estava dançando em cima de uma mesa e a música era tão alta que, mesmo que a pessoa ao seu lado estivesse gritando a plenos pulmões, você não conseguiria ouvi-la.

Eduardo havia nos levado ao Señor Frog's.

— Este é o lugar que você escolheu para que possamos sentar e conversar? — Gritei para Eduardo. — Você realmente pensa que ele é apropriado?

Ele deu de ombros.

Lembrete: nunca deixe que um cara que dirige um furgão do Scooby-Doo escolha o restaurante.

Voltamos todos para os carros e nos dirigimos a um restaurante no Saba Hotel, que estava fresco e silencioso. Todos nós fizemos os nossos pedidos, depois saí para ligar para o escritório de advocacia e ver como andava a papelada. Estava pronta. Os documentos foram enviados por e-mail para mim, e eu estava agora com as cópias, impressas pela recepção do hotel, para todos assinarem.

Finalmente, em torno da mesa, um por um, os três pescadores assinaram o documento.

Eu estava eufórico. Eu estava exausto. Pensei nas semanas frenéticas de procuras que resultaram em mãos vazias, nos dias que perdi marcando passo e esperando por pessoas que nunca apareceram, no dinheiro que gastei mesmo sem o ter, nas vezes em que me senti completamente sozinho e assustado e afoguei a minha tristeza em *chips & salsa*.

Eu estava satisfeito por obter finalmente a história dos pescadores, mas sabia em meu coração que o ponto realmente importante era a incrível jornada a que Deus me conduzira, ensinando-me a confiar Nele em cada passo.

33. Seus Planos

Eu podia planejar um curso de ação, mas sabia que não conseguiria determinar todas as etapas. Como dizem, se você quiser fazer Deus rir, conte-Lhe os seus planos.

A minha ideia era simples: espalhar as informações e aguardar que as ofertas chegassem. Entrei em contato com um amigo da *Variety*, uma revista que noticia os arranjos e negociatas de Hollywood. Ele já lera algumas informações que tinham aparecido na mídia, isto é, um artigo no qual Silverio, falando a coisa errada na hora errada, contara à imprensa que eu havia pago mais de 4 milhões de dólares pelos direitos autorais da história dos pescadores. Isso não era verdade, mas quando uma notícia dessas sai na imprensa, mesmo que seja num obscuro jornal mexicano, é melhor você desistir de tentar corrigir o estrago já feito.

Quando eu disse para o meu amigo da *Variety* que aquele valor era mentira, ele sugeriu, instantaneamente, algo maior-que-uma-cesta-de-pão-mas-menor-que-um-ônibus-escolar — "Menor que $4 milhões, mas maior que $3 milhões?" *Suspiro*. Finalmente, eu era capaz de desviar as questões monetárias e concluir a entrevista.

Não demorou muito para o telefone começar a tocar. Jornalistas, cineastas, escritores, agentes e até mesmo alguns amigos me ligaram quando leram o artigo. Fiquei encorajado ao saber que havia interesse pela história. Talvez, eu não fosse tão louco, afinal de contas. Examinei detalhadamente cada mensagem e me foquei nas investigações da mídia, em particular das revistas, pois a história havia passado despercebida de grande parte da mídia televisiva e radiofônica norte-americana. Esse pessoal geralmente não admite os próprios erros, e não gasta muito tempo cobrindo histórias que deixou escapar inicialmente porque estava cobrindo alguma outra história que não era realmente uma boa história.

Foi ótimo receber mensagens de alguns velhos amigos. Eram passados alguns anos desde o tempo em que trabalhei na TV, e eu acabara perdendo o contato com muitos dos meus colegas desse setor. Nos últimos anos, ninguém havia mantido contato comigo porque eu não tinha condições de fazer algo por eles. É assim que as coisas funcionam. O mundo dos negócios de mídia não é ocupado por uma grande quantidade de amizades verdadeiras. É muito mais um tipo de setor em que vale o "O que você pode fazer por mim?". Não estou julgando; esse é apenas o jeito como as coisas são. Houve uma época em que firmar um negócio num guardanapo e com um aperto de mão era tão válido quanto qualquer contrato.

Quando encontrei pela primeira vez os pescadores, cumprimentei cada um deles com um aperto de mão. Mas, ao final dessas reuniões, eu os abracei. Eles não souberam o que fazer com o meu abraço. Antes de mim, nunca tinham se encontrado com homens norte-americanos, portanto isso era totalmente novo para eles. Consequentemente, os meus abraços foram recebidos com uma frieza desconfortável. É bem provável que tenham ficado chocados com o fato de outro homem, especialmente um que mal conheciam, ter invadido o seu espaço pessoal desse modo.

Como resultado, não houve qualquer retribuição aos abraços, o que traz um sentimento bastante estranho para quem abraçou, muito semelhante ao de um aperto de mão flácido. Há algo de errado aí. Isso faz com que você não queira abraçar nunca mais.

Mas, por mais estranho que fosse, eu continuei abraçando-os toda vez em que os encontrava — um abraço de boas-vindas e um abraço de adeus. E eles continuaram *não* retribuindo o meu abraço. Tudo bem. Compreendi que isso não era parte da sua cultura.

Fazia poucos dias que havíamos nos conhecido quando contratei uma equipe de filmagem. Filmamos cada pescador contando a história da maneira como a via. Sentei-me ao fundo da sala, enquanto Eli e a equipe faziam perguntas e incentivavam cada homem a contar o máximo que pudéssemos conseguir da história. Eli esteve ótimo ao me relatar os detalhes surpreendentes à medida que eram revelados. Cada um dos homens transmitia a história através das lentes das suas próprias experiências — uma lente formada por quem ele era, como tinha sido criado, como tinha sido a sua vida e o que essa experiência havia produzido nele.

Jesús costumava terminar um trecho da sua narrativa com alguma coisa bem-humorada. Havia algo de universal na maneira como ele transmitia as informações, o que nos permitia compreender a emoção de toda a narrativa mesmo sem entender espanhol. Ele conseguia nos envolver, mesmo que não tivéssemos a mínima ideia do que ele estava dizendo. Comecei a adorar esse aspecto dele. Ele e eu tivemos conversas que duraram uma hora, sem um realmente entender uma palavra do que o outro dizia.

Durante uma dessas sessões, ele se sentou, de boné de beisebol na cabeça, com a aba voltada para trás, narrando detalhes após detalhes, enquanto descansava sob a brisa que soprava no deque de um hotel em Mazatlán, com o azul-turquesa do oceano Pacífico ao fundo. Ele falou usando os olhos, o volume da voz, os músculos faciais, as mãos e todo o corpo. Ele estava verbalizando alguns desses detalhes pela primeira vez. Eu podia ver e sentir conforme ele revivia tudo, como se estivesse novamente no barco. As palavras logo fluíam numa cadência que nos dava uma compreensão estranha do que havia acontecido, apesar de eu estar ouvindo a tradução de Eli. Era poético. Jesús tirava o boné e empurrava o cabelo para trás com a outra mão, então colocava o boné de volta, à medida que as palavras saíam da sua boca como balas de uma metralhadora. Ele passava do riso à seriedade numa fração de segundo, e depois voltava ao riso.

Num desses momentos de rápidas mudanças, a sua voz começou a falhar. Os olhos se desviaram para o piso do deque. As suas frases começaram a morrer no final. Ele girou a aba do boné para a frente e puxou-a sobre os olhos. Eu podia sentir o seu desconforto, mesmo sem conseguir entender o idioma.

O meu coração se encheu de empatia pelo seu mal-estar.

Ele fez uma pausa e olhou ao longe, reunindo forças para continuar. Eu sabia sobre o que ele estava falando; não era necessário eu entender uma única palavra. Lágrimas correram pelo seu rosto. Ele suspirou, fazendo respirações longas e profundas a fim de tentar voltar à calma. Tirou o boné e esfregou os olhos, com o boné cobrindo o rosto. Jesús não queria que nós o víssemos chorar.

Eli confirmou o motivo: a morte do *señor* Juan.

A equipe parou as filmagens, e Jesús levantou-se e caminhou na minha direção. Eu me levantei, pus a mão no seu ombro e dei algumas batidinhas gentis.

— Ei… está tudo bem — eu disse suavemente. Ele acenou com a cabeça, como se compreendesse perfeitamente o meu olhar solidário. Passei os braços em torno dele e abracei-o.

Jesús retribuiu o meu abraço pela primeira vez.

Estabelecemos contato. Não porque um compreendeu a língua do outro. Não porque um compreendeu as experiências de vida do outro. O espírito de Jesús e o meu espírito — e o Espírito *Santo* — estabeleceram contato. Estabelecemos um contato no nível do coração. Estabelecemos contato porque somos iguais. Compreendemos um ao outro porque somos iguais. A sua transformação e a minha transformação são iguais.

Ele ficara preso a um calvário no Pacífico e voltara um novo homem. Eu ficara preso às minhas próprias buscas desesperadas e sobrevivera a elas como um novo homem. Ao longo de nove meses de torturante autoexame, ele prometera mudar. Eu vinha lidando com o meu autoexame havia alguns meses, uma intensa exploração de como conseguir ser quem eu estava destinado a ser. Ambos acabamos tendo um autêntico desejo de sermos os homens que Deus queria que fôssemos. Por meio da vida de Jesús, eu tinha visto uma imagem de mim mesmo. Cada um de nós chegara a um momento de ruptura, e o que encontráramos lá tinha sido Deus.

E Ele era suficiente.

Todos nós somos iguais.

34. Qual História?

Chegaram chamadas telefônicas de revistas importantes — *Men's Journal, GQ, New Yorker e Sunday Times*, de Londres. Cada uma designou um repórter para escrever a sua própria versão da história. Durante as entrevistas, tornou-se claro quais escritores já tinham uma opinião formada sobre o seu ângulo — a interpretação particular que sentiam ser necessária para formatar histórias que atraíssem os seus leitores —, muito tempo antes de eles se encontrarem com os pescadores ou comigo. Eu compreendia que canibalismo e tráfico de drogas eram chamarizes sensacionalistas para os leitores, mas fiquei desanimado com o fato de apenas um repórter tentar informar-se sobre os próprios pescadores ou tentar descobrir a realidade da provação deles. Na verdade, a maioria das entrevistas que dei me deixou com uma sensação de ter sido apunhalado pelas costas.

Agora, eu estava levando as coisas pelo lado pessoal. Eu passara tempo suficiente com os pescadores para ter uma compreensão do que havia sido a vidas deles. Ninguém da imprensa jamais conseguiria identificar-se realmente com esse tipo de vida. Todos os três pescadores tinham nascido em condição de extrema pobreza. Foram criados sem qualquer garantia de alimentos, educação ou cuidados com a saúde. Esses eram os *verdadeiros self-made men* [homens que se fizeram sozinhos]. Um repórter enlouqueceria só ao saber que o Wi-Fi do Starbucks não estava funcionando. Jesús,

Salvador e Lucio lidavam com perigos reais e com a sobrevivência real todos os dias de suas vidas.

Marquei uma série de encontros com velhos amigos dos meus tempos de TV, esperando que a pequenez de Hollywood me permitisse penetrar sem descontinuidade na área cinematográfica. (Curiosamente, isso incluía o chefe do estúdio de televisão cujo emprego eu tinha dito que queria tantos anos atrás, durante a minha época do tapete vermelho. Ele era agora CEO num dos estúdios menores.)

Depois de ler o artigo na *Variety*, ele entregou-o para a sua equipe. A partir daí, um dos membros do seu pessoal de desenvolvimento me ligou, perguntando como eu tinha adquirido os direitos autorais da história e querendo saber mais sobre as minhas dificuldades de consegui-los. Como eu já estava para voltar para Los Angeles, ela me convidou para um encontro e para falarmos de um possível projeto de filme. Eu fui até os escritórios deles em Santa Mônica.

Ela me perguntou novamente como eu havia adquirido os direitos dessa história, então eu lhe contei um pouco sobre a minha história pessoal e como eu tinha ido para o México no momento em que os pescadores voltavam para casa. Dois outros executivos se juntaram a nós. Contei-lhes a história dos pescadores, a sua sobrevivência e a sua fé. Quando terminei, todos eles trocaram olhares.

— Agora, conte-lhes a outra história — pediu-me a mulher.

— Que outra história? — Não entendi de primeira.

— A sua história.

Fiz uma pausa, sentindo-me estranho, mas, em seguida, comecei hesitante a "história de Joe". Depois de uns dois minutos, eles trocaram olhares de novo, com o seu jeito hollywoodiano todo-poderoso e onisciente. Esperei.

— Este é o segundo ato — disse um deles.

— O que isso quer dizer? — Perguntei-lhe.

— Isso significa que essa história dos pescadores precisa de um personagem como você — ele respondeu. — Três mexicanos num barco, falando espanhol, não é um filme de longa-metragem; é um documentário que ninguém nos Estados Unidos vai querer ver. Se pusermos na história um sujeito como você, então os sujeitos como você irão vê-lo.

— Isso não é sobre mim — eu disse. — Essa é a história deles: da sua sobrevivência, do seu resgate, da sua fé. Eu não posso fazer parte dela.

— Se você quer que alguém veja esse filme — ele disse, — você terá que resolver isso.

Saí confuso da reunião. A explicação para a mistura das duas histórias só foi abordada no contexto do lucro. E apesar de eu compreender a realidade das relações comerciais, o lucro não era a minha força motriz primária nesse caso — e ainda não é.

Pelo menos, eu soube que havia interesse pela história. Mas, agora, me incomodava o fato de esses caras acharem que três homens sobreviverem durante nove meses no mar não era vendável, a menos que a minha delirante vida fosse acrescentada à história.

Um amigo meu ligou para me dar o nome de um repórter do *Atlanta Journal-Constitution* que ele achava que deveria ouvir a história.

O repórter entrevistou Carmen e a mim, e enviou um fotógrafo que tirou algumas fotos minhas, vestindo uma jaqueta esportiva e segurando uma Bíblia. O meu cabelo estava um pouco comprido e desgrenhado nessa época, o que me fazia parecer um desportista do Antigo Testamento. Eu não pretendia representar a "Equipe

Jesus" dessa maneira; aconteceu apenas de eu estar vestido assim. As imagens resultantes fizeram, sem dúvida, muitas esposas suburbanas se perguntarem como Carmen me permitira aparecer diante de quase um milhão de leitores, sem levar em consideração o tipo de circo que acontecia no topo da minha cabeça.

A história foi agendada para aparecer na semana seguinte, no dia 21 de janeiro de 2007, na primeira página da edição de domingo. Deve ter sido uma semana fraca de notícias.

Na noite anterior em que a história saiu, peguei a minha filha e os seus amigos depois de uma competição de natação e paramos numa loja de conveniência para ver se já chegara a primeira edição do jornal de domingo. Lá estava: uma foto minha, de 15 x 15 centímetros, na primeira página, sob o título "Um Teste de Fé". Tudo que posso dizer é que é bizarro ver a si mesmo na capa do que quer que seja. Peguei mais dois exemplares e resisti à vontade de dizer ao encarregado da caixa que era eu quem estava na primeira página.

De volta ao carro, fiz uma respiração profunda e entreguei um dos jornais para a minha filha e os amigos.

— Isso é muito louco, papai — disse a minha filha de doze anos. Entendi que aquilo significava que ela estava animada. Mas quando ela acrescentou: — Isso ocupa a página inteira — eu percebi que, na verdade, ela estava envergonhada.

Para as minhas filhas, essa era uma notoriedade indesejada. A imagem de um pai posando como um fanático religioso desportista, mas ligeiramente desgrenhado, na primeira página do jornal de domingo, podia causar alguns embaraços para as filhas quando elas fossem para a escola na segunda-feira de manhã.

Por causa dessa matéria, fui convidado para o Festival de Cinema de Sundance. Recebi uma oferta para fazer um filme. Durante um curto intervalo, foi encorajador saber que havia tal interesse. Mas depois de uma análise mais profunda, pareceu-me que havia diferenças de opinião entre as duas partes que queriam filmar a história. Eu não sabia muito sobre os negócios cinematográficos, mas sabia o suficiente para perceber quando alguém não "captou" a jornada espiritual, que era o núcleo da experiência dos pescadores.

Rejeitei a oferta. A história dos pescadores tinha de ser contada da maneira como merecia ser contada.

35. As Histórias Deles

Em cada uma das aldeias dos pescadores, realizaram-se missas para louvar Deus pela libertação. Cada liturgia foi extraordinária à sua própria maneira, e a emoção dessas ocasiões não foi desperdiçada pelos celebrantes, que pouco tempo antes tinham dado os homens como mortos.

Compositores escreveram baladas sobre os pescadores e cantores amadores recitaram inúmeras versões da história dos pescadores por todo o México. Eles estavam se tornando mais do que celebridades; transformando-se também em heróis populares cuja prova de sobrevivência e fé era agora canonizada em canções.

Era estranho para os pescadores. Eles saíram dos momentos de terrível lentidão dos quase 25 milhões de intermináveis segundos no Pacífico para o ritmo supersônico da fama instantânea através de vários continentes. Houve pouco tempo para encontrarem um significado mais profundo em tudo isso.

A maneira pela qual os homens falavam de si mesmos era uma maneira contida. Conforme falavam, as suas palavras tornavam-se simples sentenças declarativas, que sugeriam que eles ainda mal conseguiam acreditar que tudo aquilo tivesse acontecido:

— Nós sobrevivemos.

— Nós permanecemos vivos.

— Era apenas o cotidiano.

Era como se o seu passado tivesse vida própria, separada e distante. O passado havia cessado, estava ao longe, mas ainda fazia parte deles:

— Pouca coisa a gente podia fazer sobre o nosso destino.

— A gente tinha fé.

Era simples. Era profundo.

Em geral, os homens não falavam com estranhos. Quando abordados por alguém que não conheciam, os pescadores ficavam quietos. Não se sentiam à vontade com todos os aplausos e congratulações. Olhavam para a sua experiência no Pacífico como algo que teve de ser feito e, embora a fé tenha sido uma parte daquilo, também fez parte beber sangue de tartaruga e comer tubarões. Para eles, a experiência não foi uma grande conquista da fé, nem foi um grande triunfo pessoal de sobrevivência. Foi o que foi.

As canções e as entrevistas e os louvores pareciam estranhos para eles.

No recanto mais profundo de seus exteriores obstinados, que eram usados como armaduras, cada um dos homens tinha um coração terno, que conhecia a verdade.

Para muitos de nós, a experiência dos pescadores está além de qualquer esfera de compreensão, e porque essa experiência não se encaixa num compartimento em que podemos penetrar, e questionamos o que é verdadeiro. Quando você ainda não experimentou o milagroso, é difícil envolvê-lo com os seus braços. Nós estamos muito conectados com o que é comum. Isso é triste, pois nos leva a descartar o notável, o triunfante, o extraordinário, o sobrenatural. Estes são compartimentos que muitos de nós não temos. Como resultado, nos privamos dessas dimensões da vida.

Por isso, olhamos para os pescadores com perplexidade, provavelmente da mesma maneira que as pessoas olharam para o homem estranho que vagou montanha abaixo, com cabelos que se embranqueceram, e carregando dez tábuas de pedra; e para o cara louco, austero e comedor de gafanhotos que mergulhava as pessoas num rio.

Eu acredito em Moisés e em João. E acredito nos pescadores também.

36. "Continue!"

Falei na igreja de um dos homens que eu conhecera na expedição espiritual Aventuras do Coração. Para mim, foi uma espécie de programa piloto, um esforço inicial de contar a história para os outros de modo eficaz. A minha mensagem estava dividida em duas partes. Apresentei-me e falei brevemente dos acontecimentos da minha vida e da minha própria jornada espiritual. Então cheguei ao motivo real de eu estar lá e contei-lhes a aventureira história dos pescadores e de sua sobrevivência incrível. A minha história pessoal continuava a ser um tipo de asterisco de nota de rodapé.

Essa foi a primeira vez que contei a história em público. Cederam-me quarenta minutos. Parece bastante tempo para se narrar muito bem qualquer história. Bom, levou-me mais de duas horas. Eu não sabia que ia demorar tanto tempo, pois nunca tinha contado a versão integral antes.

A razão de eu ter apenas quarenta minutos era porque esse grupo se reunia logo antes do primeiro culto religioso. Quando o meu tempo se esgotou, os fiéis permaneceram sentados em seus assentos. Eu queria ser respeitoso com o tempo deles, então parei e disse:

— Sei que meu tempo acabou…

— Continue! — Alguém disse.

Fiquei surpreso pelo fato de as pessoas estarem realmente interessadas em ouvir. A minha história invadiu o horário do culto religioso.

Quando o tempo do culto terminou, eu ainda não tinha acabado. Alguém me interrompeu e disse:

— Não queremos ir embora, mas alguns de nós precisamos pegar nossos filhos na escola dominical.

As crianças foram trazidas, as pessoas retornaram e a sala se encheu de pais e filhos. Finalmente, foi preciso parar, mas eles me convidaram para voltar.

Depois de cumprir a promessa de retornar, em outra sessão de duas horas, uma mulher se aproximou de mim. Ela disse que eu estava contando a história da maneira errada. Achei que aquilo era um pouco estranho e muito impertinente, mas escutei-a.

Ela me disse que aquela se tratava de uma única história, não de duas histórias distintas. Disse que a minha jornada de fé era uma parte essencial da combinação das histórias.

— Os pescadores *pareciam* perdidos porque estavam no meio do oceano Pacífico sem nada, a não ser a sua fé — disse ela. — Você, Joe, por outro lado, não *parecia* perdido porque tinha tudo. — Então, ela mencionou algo em que eu nunca tinha pensado antes: — Mas, Joe, na economia de Deus, você *estava* perdido, ao passo que os pescadores não estavam perdidos, de modo algum. Eles tinham Deus.

Fiquei sabendo que ela era estudante de doutorado cujas áreas de competência eram retórica e narrativa. Nós nos reunimos algumas vezes por semana durante mais ou menos um mês, e ela me deu conselhos sobre como escrever toda a história. Ela foi inflexível na sua convicção de que combinar as duas linhas da história — a dos pescadores e a minha — era a melhor abordagem.

Continuei sem me deixar convencer. Eu não queria que a minha história de vida se intrometesse na história dos pescadores, que era mais extraordinária. Eu nem estava muito certo do que era exatamente a minha história, exceto ser a de um homem que ficou um tanto louco, encontrou Deus e depois gastou uma montanha de dinheiro com um conto sobre sobrevivência que envolvia sangue de tartarugas no Pacífico. Eu não podia imaginar que a minha jornada fosse de interesse para alguém, com exceção de mim mesmo e do meu terapeuta.

Ela continuou a pressionar e eu continuei a me esquivar, e ficamos nesse impasse em todas as vezes que nos encontramos. Mesmo assim, fizemos progresso em direção a algo de que eu precisava: pôr no papel a história dos pescadores com uma aparência de estrutura.

Expressei as minhas reservas quanto à ideia de uma combinação de histórias a alguns dos meus amigos mais chegados. De início, todos eles concordaram comigo, mas, à medida que eu compartilhava as opiniões do estúdio e da minha amiga conselheira e doutoranda, eles mudavam rapidamente de opinião.

Apesar das suas ideias fazerem eco ao que eu ouvira do pessoal do estúdio anteriormente, eles não estavam focados no valor comercial daquilo tudo, como os estúdios tinham estado. Eles queriam dizer que havia algo importante e poderoso nas duas histórias lado a lado, narradas de modo intercalado e entrelaçadas espiritualmente.

Lentamente, as coisas se tornaram mais claras para mim. Percebi que, embora o processo de tentar fazer um filme tenha sido cheio de obstáculos e rejeição, Deus estava nele de algum modo. Lembrei-me de como outras pessoas haviam mencionado a segunda história, a minha história. Ela sempre parecia vir à baila.

E então os meus olhos se abriram totalmente: Deus estava presente em tudo aquilo, falando-me sobre o que a história realmente era.

Não, esta não é a minha história. Mas ela também não é a história dos pescadores.

É a história de Deus, e *tudo* que Ele faz precisa ser contado.

37. Firme na Brecha

Carmen e eu tínhamos muita coisa para pôr em ordem — bem, *eu* tinha muita coisa para pôr em ordem — e anos de estragos para compreender e de perdão para pedir.

Eu havia abandonado tudo e comprometido tudo que tinha dentro de mim para contar esta história. Para ser justo, Carmen me apoiara além de todas as expectativas razoáveis. Ela aceitara que aquela era uma busca espiritual que eu precisava perseguir. Tinha segurado as pontas enquanto eu caçava os pescadores através das selvas do México. Mas a história dos pescadores acabara tomando todo o meu tempo, consumindo a minha energia e agora estava começando a nos ameaçar financeiramente. Carmen sentia que o projeto precisava chegar ao fim, e queria que as nossas vidas voltassem a ter algum grau de normalidade.

Mas a minha perseguição aos pescadores havia finalmente dado uma base sólida à história, e eu me sentia responsável, perante os três, de conduzi-la a uma conclusão adequada. Além disso, o *meu* caminho para recuperar totalmente as nossas finanças era fazer um filme. Eu não podia parar agora, especialmente depois de ter investido tanto dinheiro nessa história.

O nosso aconselhador, a quem víamos esporadicamente nos últimos tempos, ouvira nós dois falarmos dessa situação muitas vezes. Eu ainda queria me dedicar de corpo e alma à história; Carmen dava apoio, mas de modo cauteloso. Em certo momento, o aconselhador pediu a Carmen:

— Você consegue ser a líder de torcida dele durante um ano?

Carmen me olhou por alguns instantes antes de responder.

— Sim, acho que consigo.

Interessante como duas pessoas são capazes de interpretar uma mesma e simples frase de maneiras tão diferentes. De imediato, senti uma imensa sensação de alívio. Nós estávamos no mesmo time, e me senti mais confiante do que nunca. O que eu ouvi foi: "Iremos até o fim dessa história."

O que Carmen ouviu, no entanto, foi: "Se nada de concreto acontecer até o dia 31 de dezembro de 2007, às 23h59, então Joe concorda em abandonar o projeto para que possamos prosseguir com as nossas vidas."

Na verdade, esse foi o acordo. Eu tinha um ano para fazer com que algo acontecesse.

Passei a maior parte daquele verão escrevendo um roteiro cinematográfico e um rascunho de livro. Enquanto isso, as nossas economias encolheram e a tensão cresceu, embora eu estivesse muitas vezes alheio a ambas. Eu não fazia a mínima ideia do tempo necessário para concluir o projeto; e mais, eu não tinha noção de quanto tempo levaria para o dinheiro voltar a entrar. O meu ano voou. O dia 31 de dezembro chegou e foi embora. Nada aconteceu. Nada avançou. No entanto, eu estava ainda tão confiante como nunca que aquilo que fazia era ordenado por Deus e que Ele me compreendia.

Carmen se sentiu traída. Não ajudou o fato de eu lhe dizer que precisava ir *novamente* ao Festival de Cinema de Sundance. Ela acreditava que eu estava tentando fazer o que sentia ser a vontade de Deus, mas sei que, às vezes, ela se perguntava por que Deus não se apressava mais, já que era isso que Ele realmente queria. Tenho certeza de que Carmen, por vezes, rezou: "Senhor, por favor, faça algo acontecer ou faça isso terminar."

Entendi algumas das preocupações de Carmen, pois eu também tinha os meus momentos de dúvida. Por volta dessa época, um amigo me disse:

— Deus pode simplesmente lhe dizer "sim" ou lhe dizer "não" agora, como Ele fez quando você estava no México.

Menos de quinze segundos depois, recebi este e-mail, não solicitado, de outro amigo:

Firme na Brecha

E busquei dentre eles um homem que estivesse tapando o muro, e estivesse na brecha perante mim por esta terra, para que eu não a destruísse; porém a ninguém achei. — Ezequiel 22:30[5]

Eu havia dado o nome de Ezekiel 22 para a minha empresa, um ano e meio antes, porque decidira ficar firme na brecha.

O meu amigo, que estava sentado ao meu lado, ficou tão chocado quanto eu. Eu disse simplesmente:

— Acho que vou continuar.

Em muitas ocasiões, parecia que eu estava à beira de fazer com que algo acontecesse quanto ao filme. *É isso aí*, Carmen e eu pensávamos a cada vez. Mas muitos desses casos eram miragens no deserto.

Na verdade, encontrei um diretor promissor que adorou a história dos pescadores e queria fazer parte dela. E, de todas as pessoas que poderiam ter cruzado o meu caminho, justamente ele era um premiado cineasta grego, que tinha recentemente se convertido ao cristianismo. Mas apesar de ele estar realmente interessado, nada aconteceu. Ainda assim, entendi isso como outro sinal de que deveria me manter firme no meu curso.

Toda vez que eu atingia a extremidade da minha corda — ou pensava ter empurrado Carmen para a extremidade da dela —, Deus me exibia um sinal de encorajamento, embora, por vezes, nada além do mais ínfimo vislumbre de esperança. Ainda assim, eu o devorava, consumindo vorazmente até mesmo uma pequena migalha. Para Carmen, tolerante como ela só, esses petiscos eram apenas situações embaraçosas que acentuavam o estado de extrema aflição em que estávamos.

Vendemos a casa do lago, o que fez sossegar um pouco a preocupação de Carmen com a nossa situação, embora ela tenha admitido que amou os momentos que a família passara junta lá. Segundo a minha maneira de pensar, vender a casa do lago me deu mais tempo.

Durante o ano seguinte, passei uma quantidade excessiva de tempo com o diretor grego, escrevendo e reescrevendo o roteiro, deixando que Carmen cuidasse de todas as outras coisas das nossas vidas. Eu sabia que ela estava zangada durante esse período e reconheci que eu estava sendo autoindulgente, mas ela, de alguma maneira, conseguia me apoiar em pequenas coisas.

Quase um ano depois de ter expirado o prazo de "líder de torcida" de Carmen, nós trocamos e-mails sobre uma transferência de fundos de uma conta bancária para a outra, de modo que ela pudesse pagar algumas despesas. Foi outro lembrete desagradável de que as nossas finanças estavam minguando. Ao mesmo tempo em que trabalhava no rascunho do roteiro, escrevi este e-mail:

Querida Carmen,

Obrigado, querida, por fazer isso. Reze por um milagre.

Com amor,
Seu marido perdedor

Ela respondeu ao meu e-mail:

Joe,

Orar é a nossa melhor opção. Vamos esperar que o carro-forte passe pela nossa rua, mais cedo ou mais tarde. Precisamos apertar o cinto.

A propósito, você não é um perdedor. Você teve um sonho e o perseguiu durante os dois últimos anos... isso não é algo que um perdedor faça. Você dedicou a ele o melhor de si mesmo... isso não é algo que um perdedor faça. Mantenha a fé. Mesmo que, no final, o sonho não resulte da maneira como você planejou, será que você não gostou da jornada?

Você é inteligente, adorável e engraçado. O ano de 2009 vai estar cheio de novos horizontes. Só sei que vai ser bom!

Te amo,
Carmen

Ao longo do nosso casamento, Carmen tinha rezado para que Deus lhe desse como marido um homem temente a Deus, e acho que foi o que a sustentou durante as nossas provas mais difíceis. Ela via que eu estava genuinamente buscando Deus, com todo o meu coração, que é o que Jesus disse que seria necessário para encontrá-Lo.

Entretanto, eu sabia que quase havia levado Carmen ao desespero, e continuei a ter medo da precariedade do nosso casamento.

Eu me agarrei firmemente a esses e-mails, como um gato assustado e desamparado no alto de um poste telefônico.

38. Sabedoria e Loucura

Na primavera, tivemos de vender o Lexus de Carmen para cobrir algumas despesas, e me senti horrível por isso. O engraçado é que ela nunca quisera um carro caro. Ela teria ficado feliz com um Honda usado. Percebi que havia comprado o Lexus para ela para fazer com que *eu mesmo* me sentisse melhor.

Em meados de julho, a nossa situação começou a se tornar insuportável. Estávamos falidos. Eu tinha feito um esforço pouco entusiasmado para encontrar trabalho. Não era resistência minha a arrumar emprego, mas eu acreditava que, se desviasse os meus esforços daquilo que sentia ser o lugar para onde Deus havia me conduzido, eu estaria traindo-O. Eu estava tão desanimado como nunca estivera desde a época em que descobrira a minha fé em Deus.

Carmen não aguentava mais. Fizemos vendas de garagem e vendemos móveis, roupas, qualquer coisa que não precisássemos mais guardar. Cancelei alguns dos meus contratos de seguro de vida. O órgão arrecadador do imposto de renda entrou em contato conosco por causa de uma dívida de impostos e multas, como resultado das minhas retiradas do fundo de pensão. As empresas de cartão de crédito começaram a enviar cartas e fazer ligações, e a empresa que financiara um dos nossos carros estava ameaçando retomar a sua posse — e finalmente o fez, deixando-nos com apenas um carro para uso dos quatro motoristas da família.

Apesar de Carmen e eu resistirmos juntos a esses estresses, eles também criavam tensões entre nós.

Comecei a rezar mais.

Adicionei às minhas leituras diárias da Bíblia um livro devocional, *My Utmost for His Highest*, de Oswald Chambers. Essa obra clássica oferecia um curto texto para cada dia do ano. Curto, sim, mas muito profundo. Essas pepitas diárias iriam penetrar até o meu âmago, como se estivessem falando diretamente para mim.

Um texto desse livro, do dia 31 de julho, me perseguiu:

> Não apenas o nosso relacionamento com Deus deve ser correto, mas a expressão externa desse relacionamento deve ser correta. Em última análise, Deus não deixará coisa alguma escapar, cada detalhe está sob o Seu escrutínio. De inúmeras maneiras, Deus nos trará de volta ao mesmo ponto repetidas vezes. Ele nunca Se cansa de nos trazer a esse ponto até aprendermos a lição, pois Ele está produzindo o produto acabado.[6]

Fui para um lugar tranquilo, na beira do rio que passa perto da nossa casa, e meditei sobre essas palavras repetidas vezes. Rezei com elas. Eu me perguntei qual era a expressão exterior da minha relação com Deus; quando se revelou, não era o que eu pensava que deveria ser.

E, então, essas palavras se tornaram muito claras. Qual era o único ponto a que Deus me trazia constantemente de volta? *O meu casamento.*

A minha mente explodiu graças a uma compreensão intuitiva extraordinária: *É possível que, durante esse tempo todo, Deus estivesse planejando usar essas circunstâncias para abençoar o meu casamento? Será que Ele esteve esse tempo todo rindo dos meus grandes planos para fazer um filme e um livro?*

O tempo cada vez maior que eu passava em oração e na leitura da Bíblia direcionou o meu foco para os "livros de sabedoria" da Bíblia; principalmente, Provérbios e Eclesiastes. Eu nunca antes havia me focado numa série de livros ou de temas bíblicos, mas me vi especialmente atraído por Eclesiastes e Provérbios, à medida que tentava esclarecer por que a minha vida tinha se tornado tão caótica. Esses livros se referem à sabedoria e à loucura. Examinei-os através da lente "Aprovado/Reprovado". Muitas das minhas coisas estavam na lista de "Reprovado".

Comece com Deus — REPROVADO.
Faça do discernimento a sua prioridade — REPROVADO.
Não presuma que você sabe tudo — REPROVADO.
Nunca tome o amor por certo — REPROVADO.
Aquele que sabe muito fala pouco — REPROVADO.

E apenas uma coisa na lista "Aprovado":

Uma mulher de caráter nobre — APROVADO.

Esse foi o único item que acertei.

Como eu cheguei a me distanciar tanto do homem, marido e pai de suas filhas que Carmen merecia ter na sua vida?

O que será que eu estava pensando? Que algum tipo de realização, mesmo em nome de Deus, poderia ser um substituto para o sustento, a energia e o amor que a minha esposa necessitava?

Será que a minha formação baseada no desempenho exerceu tanto poder na minha vida que eu achava que as minhas realizações eram a resposta para as necessidades de Carmen? Como eu pude estar tão enganado? Na parte mais profunda de mim mesmo, e na parte mais profunda da maioria dos homens, existe um menininho sensível, à espera de receber proteção da parte exterior de um homem. E quanto mais nós realizamos, mais achamos que construímos um muro de proteção para resguardar esse menininho de experimentar a dor que queremos evitar a todo custo.

Foi uma luta para colocar em palavras essas descobertas e sentimentos. Eram tão frequentes os meus desejos de servir a Deus e servir a Carmen que eles pareciam competir um com o outro.

— Eu não posso fazer isso sem você — eu disse a ela. — É uma tortura eu sentir que tenho de escolher entre as pessoas que amo, e que precisam dos meus cuidados, e o chamado de Deus; entre o compromisso que fiz a Ele numa praia do México e o voto que fiz a você no dia do nosso casamento. Eu só não sei o que fazer — eu disse em lágrimas, certo dia. E perguntei: — Você sabe que eu te amo, não sabe?

— Sim — disse ela.

— Você sabe que eu mudei, não é? O meu coração é diferente hoje. — Carmen concordou com a cabeça. — Você sabe que, acima de tudo, eu preciso obedecer a Ele, certo?

— Talvez você possa fazer ambas as coisas — disse ela.

Fazer ambas? Que ideia nova! *Por que não fazer ambas? Por que, comigo, tudo tem que ser uma coisa ou a outra?* Eu gostaria de ter a resposta para isso. Mas tão importante quanto a resposta a essa pergunta é o fato de eu reconhecer a minha tendência para ser assim: tudo ou nada, preto ou branco, lutar ou fugir.

Logo depois de elaborar o meu boletim escolar de sabedoria e loucura, confessei a Carmen como eu tinha sido tolo a respeito de tantas coisas. Ela olhou para mim como se eu estivesse falando grego. Mas pude ver a ternura nos seus olhos enquanto eu falava do nosso casamento, do nosso dinheiro, da nossa saúde e da loucura da minha vida. Não acho que ela tenha percebido essas palavras se aproximarem. Certamente, eu não sabia que estava para dizer essas coisas. Passaram-se alguns segundos.

— Agora eu me sinto mal porque você se sente mal — disse ela, finalmente.

— Tudo bem — eu disse. — Esse é um bom tipo de mau sentimento. — Isso me permitiu enxergar a dor de Carmen.

A meu ver, ela e eu estávamos juntos nessa história. Mas, antes, eu não tinha plena consciência de que havia sido eu quem ficara voando livre e solto: eu era a pipa no céu, e coube a ela ficar segurando o barbante.

No domingo seguinte, Carmen e eu fomos à igreja de carro, debaixo de chuva, e ouvimos um sermão sobre assumir responsabilidade pela própria vida.

O nosso pastor citou uma frase que ele costumava ouvir do seu pai quando criança: "Mais tarde e maior." A mensagem era simples: o que nós semeamos hoje, colhemos mais tarde, e aquilo que colhemos é sempre muito maior do que esperávamos que ele fosse, o qual pode ser muito bom ou muito ruim.

Pensei a respeito das sementes que eu havia plantado. Algumas das melhores são as nossas duas filhas maravilhosas. Mas é de Carmen a maior parte do crédito por essas sementes.

Mais tarde, no carro, eu disse a Carmen:

— Estou começando a perceber que andei plantando algumas sementes ruins na minha vida, especialmente no nosso casamento.

Ela sentou-se, olhando diretamente através do para-brisa e reprimindo sentimentos profundos.

— Você tem colhido — continuei — coisas que não merece.

O único som era a chuva batendo sobre o teto do carro.

— Espero que algum dia você possa me perdoar — eu disse. — Mas não vou culpá-la se não conseguir.

Estacionei perto da entrada de um supermercado, e me virei na direção de Carmen.

— O que eu venho tentando fazer — eu disse suavemente — em relação a essa história toda, dos pescadores, é com a mais pura das intenções, para o bem deles e para o nosso bem e das nossas filhas.

Ela não se moveu.

— Uma das razões de eu estar lutando tão arduamente por isso é para que as meninas possam ver o seu pai como um homem que está disposto a assumir riscos pelas coisas nas quais diz que acredita. Eu não quero ser um pai "faça o que eu digo; não faça o que eu faço". Eu quero ser um pai "faça o que eu faço".

Silêncio.

— Eu me preocupo com as meninas. O que eu fiz. O que eu não fiz. Essas sementes que eu plantei. E, agora, estou rezando para que, com essa história dos pescadores e a minha ligação com ela, a gente possa, algum dia, colher algo de bom, algo maior do que qualquer um de nós tenha imaginado.

Carmen continuou a olhar diretamente para a frente.

— Eu comecei a pensar que talvez a gente tivesse que passar por tudo isso para chegar a este ponto de cura no nosso casamento. — Continuei: — Que a gente tivesse que se despojar de tudo para que só restássemos nós e Deus. Sem amortecedores. Sem materiais de isolamento. Sem medicamentos. Nem mesmo o anestésico do dinheiro para nos impedir de sentir a dor.

Uma lágrima escorreu pelo seu rosto. Depois, outra. Depois, um dilúvio.

— Estou apenas cansada — ela disse, soluçando. — Eu só quero que isso acabe.

— Eu sei.

— Por que eu tenho que ser sempre a garota má? — Perguntou ela, olhando agora para mim.

Eu me inclinei e pus a minha mão sobre a dela.

— Você não é — respondi. — Você não é culpada de nada disso. Você tem sido uma rocha, e é a heroína aqui.

Carmen concordou com a cabeça.

— Mesmo que você decida que quer cair fora deste casamento, eu não a culpo — eu disse, apertando a sua mão. — Não me importa o que você faça, eu sempre vou te amar.

Ela secou as lágrimas que escorriam pelo rosto. Olhou pela janela, com o seu silêncio contrastando com o ruído do motor e o tamborilar da chuva. Eu sabia que ela estava ponderando tudo.

Depois de um instante, ela olhou para mim. Um leve sorriso surgiu. Carmen suspirou e finalmente disse:

— Vamos fazer as nossas compras.

Isso soou como música aos meus ouvidos. Porque conhecia Carmen, eu sabia o que essas palavras significavam. Que bela maneira de dizer "Eu também sempre vou te amar".

39. Sementes

Inesperadamente, a nossa filha mais velha me deu o melhor presente que um pai poderia ganhar, sob a forma de uma petição para obter uma bolsa de estudos:

À Comissão de Concessão de Bolsas de Estudo:

A razão para eu me dedicar tanto ao estudo de produção e comunicação em televisão é o meu pai. Um executivo de televisão por mais de quinze anos, ele promoveu o licenciamento das imagens de shows como *Seinfeld, Mad About You* e *Walker, Texas Ranger*. Basicamente, porém, ele abandonou o mundo corporativo para encontrar algo mais — e o que ele encontrou é a razão para ele ser o meu herói.

Durante os últimos três anos, ele tem trabalhado para divulgar ao maior número de pessoas uma pouco conhecida história de fé e esperança. Em 2006, três pescadores mexicanos foram resgatados perto da costa da Austrália depois de terem ficado perdidos no oceano Pacífico por mais de nove meses. Quando perguntaram a um deles como sobreviveram, ele não respondeu através de uma narrativa sobre planos elaborados e técnicas de pescaria — ele, simplesmente, apontou para a sua Bíblia.

Agora, o meu pai detém os direitos da história dos pescadores e tem trabalhado incansavelmente para transformá-la em livro e filme. A sua fé e dedicação a essa história me inspira todos os dias, mas esse trabalho tornou-se um peso financeiro para a nossa família. Ele não ganha salário há vários anos, no entanto me incentivou a recorrer a esta ótima universidade, sabendo em seu coração que era a escola dos sonhos da sua filha.

Eu não estaria aqui, hoje, se não fosse por ele.

A minha filha escreveu esse texto a partir do seu coração. Ela tinha prestado atenção. Tinha visto o que eu esperara e orara para que ela visse. Três anos antes, eu não sabia como tornar isso disponível para ela, mas Deus tornou-o. Ele pegou o barro que tinha voado para longe da roda de oleiro e, com um ruído úmido, jogou-o de volta à roda e começou a remodelá-lo.

Ela e a sua irmã são o meu legado. O legado de Carmen. O nosso legado. As sementes que plantamos tornaram-se bonitas e vibrantes, sob a forma de nossas filhas.

Elas viram algo que eu perdi de vista algumas vezes. Viram a minha fé. Viram a fé da sua mãe. Viram a fé dos pescadores. Viram a fidelidade de Deus.

E elas viram a cura e a recuperação. Isso está sendo vivido diante delas. Isso é algo maior do que jamais eu teria imaginado.

40. ALEGRES

CARMEN E EU ACORDAMOS CERTA MANHÃ sentindo algo novo no ar.

Ela me entregou a sua lista de tarefas para o dia, e nos encarregamos do serviço. Passamos a tarde juntos, no único carro que nos tinha restado. Ela riu. Eu ri.

— Eu gosto disso — eu disse depois de termos circulado por cerca de uma hora.

— Talvez você devesse procurar um emprego como motorista — ela acrescentou.

— Não. O que quero dizer é passar um tempo com você, juntos, sem fazer nada. Eu vejo a gente fazendo isso regularmente.

Ela olhou para mim.

— Eu também vejo — disse.

Naquela noite tivemos outra sessão com o nosso aconselhador.

— Então, como estão os dois? — Ele perguntou.

Surgiu o costumeiro momento silencioso e embaraçoso quando olhávamos um para o outro, sabendo que aquele que fala primeiro é quem fica na mira.

— Ótimos! — Eu disse, finalmente. Carmen concordou.

— Diga-me o que isso significa — ele pediu. Eu contei-lhe sobre o fim de semana e a conversa que tinha começado no estacionamento da igreja e terminado na mercearia; sobre como eu admiti que tinha sido tolo e como Carmen havia chorado; sobre o frescor do dia e a sensação de renovação; sobre o sentimento de alegria e ligação que eu tinha tido, enquanto brincava de motorista. Carmen concordou.

— Parabéns! — Ele disse. — Dezesseis sessões e vocês finalmente reduziram a dinâmica negativa da dança da sua luta pelo poder.

Carmen e eu nos olhamos e sorrimos. Pensamos apenas que estávamos tendo um bom dia.

O aconselhador passou a explicar como é difícil quebrar esse ciclo. Explicou que a recuperação estava seguindo o seu caminho.

Senti um cutucão e novamente pedi desculpas a Carmen por todas as vezes em que fui insensível e egoísta. Assim que pedi desculpas, pensei: *Eu não quero nunca mais me distanciar do homem, do marido e do pai das suas filhas que ela merece ter em sua vida.* Acho que ela conseguia sentir a autenticidade da minha tristeza por lhe ter causado tanto sofrimento.

Carmen olhou profundamente nos meus olhos, com lágrimas escorrendo.

— É tão bom ouvir você finalmente reconhecer como tudo isso tem sido doloroso para mim — ela disse. — Isso me faz querer per...

Ela parou, recompôs-se e começou de novo.

— Isso me *permite* perdoar você.

Epílogo

Os pescadores foram resgatados em 2006. Falta-lhes ainda ver um filme sobre a sua épica provação. Nunca desistiremos disso.

Os acontecimentos relacionados à sua sobrevivência e ao seu retorno nos mudaram. No entanto, muita coisa continua a mesma. Eles voltaram às suas vidas de pescadores, como antes, exceto que agora cada um tem o seu próprio barco.

Enquanto os pescadores vagavam pelo oceano Pacífico, perguntando-se se a sobrevivência seria possível, o tempo passava lentamente. Quando retornaram à terra firme, o tempo parecia voar. Instalou-se a percepção de que havia uma quantidade finita de tempo reservada a eles. Isso acontece quando a morte nos olha fixamente todos os dias. Dar valor a cada momento torna-se um estilo de vida.

Assim que chegaram ao México, eles passaram a se ocupar com rotinas semelhantes às que se ocupavam antes, mas havia mais urgência em suas vidas. Passar o seu tempo com os amigos e familiares tornou-se mais importante, mais precioso. Ajudar os outros é agora uma atividade comum em suas vidas.

Essas se tornaram novas prioridades para os homens cujos nomes são "Jesus", "Salvador" e "Luz" [Lucio].

JESÚS

Hoje, Jesús tornou-se um homem generoso. Ele comprou uniformes para um time de futebol local. Comprou um marca-passo para um garoto da sua aldeia. É uma vida diferente para ele agora.

Os líderes locais queriam que ele fosse prefeito. Não lhe pediram para se candidatar a prefeito. Apenas disseram: "Você vai ser prefeito." Respeitosamente, ele recusou. No fundo do seu ser, Jesús é um subalterno, como ficou evidente por sua leal posição como o Número 2 durante nove meses no oceano.

Jesús também se tornou um exemplo de mudança pessoal. Ele está se tornando o marido e pai que foi criado para ser. Isso é heroico, mas de outra maneira.

Eu aprendi com o seu exemplo.

SALVADOR

Hoje, Salvador continua a ser um símbolo da força e da determinação diante dos tempos incertos.

Ele foi formado e preparado por Deus para ser a força dos três pescadores. No oceano, assim que avaliou como a situação era impossível, voltou-se para Deus. Armado com as duas ferramentas de sobrevivência mais importantes do mundo — a sua fé e a sua Bíblia —, ele estava preparado para enfrentar uma heroica luta diária, que continuaria até a morte se necessário.

Como Daniel, na Bíblia, ele estava indissoluvelmente ligado ao poder de Deus durante a sua provação. Entregou o desfecho da sua situação nas mãos de Deus e começou a fazer o trabalho que tinha de ser feito, acreditando que, mesmo que eles morressem, nada mudava sobre quem Deus era.

Hoje, Salvador continua a ter uma fé inabalável e descomplicada. Ele não tem ideia de quanto o seu caráter me influenciou. Eu sempre levo em consideração o seu exemplo de fé nas circunstâncias da minha própria vida.

LUCIO

Lucio é considerado um milagre por sua família. É chamado de "nascido de novo" por aqueles que o tinham enterrado.

Hoje, ele finalmente aceita que o "pessoal da cidade" jamais conseguirá entender a sua sobrevivência no mar. A sua vida é praticamente a mesma de antes e, apesar de ter ganhado um barco para iniciar a sua própria empresa pesqueira, ele diz que não tem direito algum de tocar um negócio. Não está interessado em viagens ou em possuir casa própria. Prefere a simplicidade da vida ao lado da sua avó Panchita, em San Blas, e da gratidão a Deus por lhe ter dado a vida.

Lucio tem recebido muitas bênçãos, inclusive a descoberta de que é possível religar-se aos membros da família e curar as feridas.

Nesse contexto, eu encontro a minha própria ligação com ele.

Lucio também tem alguma coisa ajudando-o, que todos nós desejaríamos também ter. Ele tem o poder das orações da avó e dos sonhos dela, nos quais ele estava vivo, que se tornaram realidade e serviram de exemplo para a sua família.

PANCHITA

Panchita, a matriarca de uma família repleta de pescadores, hoje mantém a fé humilde e inabalável que vinha tendo ao longo dos anos. Ela não sucumbe ao pior, mas espera pelo melhor. A sua recusa de perder a esperança da volta de Lucio não parecia racional para o resto da família. Arrumar, para ele, um lugar na mesa de jantar todas as noites parecia muito mais uma forma de negação.

Mas a sua fé não apenas a sustentava; talvez tenha sido a responsável pela sobrevivência de Lúcio e pelo seu resgate. Com as suas orações diárias pela segurança dele, ela fez o que muitas avós fazem por seus filhos e netos — ela apoiou a sua família através dos momentos mais difíceis das suas vidas ao orar por eles "sem cessar".[7]

CARMEN E JOE

Hoje, fico feliz em dizer que estamos mais vivos do que nunca. Certamente, as nossas vidas não são perfeitas, mas Carmen e eu estamos na melhor das condições que estivemos em anos. Somos abençoados com uma fé que tem sido uma força de sustentação em tudo que fazemos e em tudo que enfrentamos. Temos um teto sobre as nossas cabeças, as nossas filhas são saudáveis e a trajetória das suas vidas mudou de uma maneira imensamente importante. Agradecemos a Deus por tudo isso.

Carmen continua a ser uma rocha, e ela ainda se parece com uma estrela. Quando eu lhe perguntei se queria casar comigo e ela disse "sim", demorou apenas 1,4 segundos. Mas a sua promessa de manter o "Sim" foi para sempre. "Até que a morte nos separe", ela disse. E quis dizer isso mesmo. Ficou comigo. É a minha heroína.

Nós dois assistimos ao Oscar neste ano. Ver a cerimônia trouxe de volta lembranças de quando eu pisei num tapete vermelho em Hollywood. Recuperei a lembrança como se ela fosse de ontem: as celebridades, o sol do cair da noite iluminando a ostentação e o *glamour*. Mas ver isso novamente, foi também um choque para mim, pois eu me confrontei com a quantidade de coisas que aconteceram desde aquela noite em 1997. Pensei que possuía tanto na época — riqueza e sucesso —, porém quão indigente eu era.

Hoje, no meu exterior, talvez eu ainda me pareça com o sujeito que "aterrissou" naquela noite no tapete vermelho, mas não no meu interior. Eu tenho sido banhado pela graça. Essa graça tem me recuperado — não para a vida anterior, mas para a plenitude que tanto persegui e nunca tinha encontrado, uma vida rica que agora inclui o amor de Carmen, a estima das minhas duas preciosas filhas e o incrível prazer de Deus.

Quando um homem é recuperado dessa maneira, ele quer compartilhar com as outras pessoas; ele *precisa* compartilhar com os outros. E agora, à medida que compartilho a minha história, sinto uma profunda ligação com aqueles que me rodeiam. Eu vejo dor nos olhos dos outros homens. Quero que eles saibam que existe cura, não importa quão profunda seja a sua dor ou quão distante a redenção possa parecer estar. Vejo expectativa desesperada nos olhos das mulheres que permaneceram fortes por tanto tempo que esqueceram como é dar um suspiro de alívio. Eu quero que elas saibam que Deus resgata os homens e os traz de volta.

Todos nós estamos numa jornada, como os três pescadores. Eu poderia dizer que estamos todos lutando e sobrevivendo, tanto quanto eles. Mas, enfim, eu só posso falar por mim mesmo, de como cheguei a ter fé em Deus e como Ele me resgatou. Eu posso dizer que olhei nos olhos de Jesús, Salvador e Lucio, e vi a mim mesmo. Se, em toda a minha vida, em toda a minha jornada, eu aprendi alguma coisa, essa coisa é a seguinte:

Eu sou o quarto pescador.

AGRADECIMENTOS

Há tantas pessoas a quem agradecer. Em primeiro lugar, à minha esposa, Carmen, e às minhas filhas, que me amam apesar de mim mesmo; obrigado, obrigado, obrigado. À minha incrível agente, Bonnie Solow, que me encontrou e acreditou que a história era algo especial. Ao meu editor, Ken Petersen, que extraiu de mim coisas que eu não sabia que existiam. Lee Strobel, por suas amáveis palavras. Todos da Random House, Crown Books e WaterBrook Multnomah, que são incrivelmente hábeis naquilo que fazem. Joshua, cujas orações me iniciaram nesta jornada com o Criador, e Allison, sua esposa, que é minha amiga, minha ajudante no ofício de escrever e a pessoa mais engraçada que conheço. O meu primeiro editor, Al, que me ajudou a economizar nas palavras. Ralf, que providenciou pesquisas e notas úteis. Howard, que esteve presente nos bons e maus momentos. A minha amiga Victoria, que me apresentou a história dos pescadores e rezou pela minha segurança, sabendo que a história era, provavelmente, mais perigosa do que eu podia imaginar. Seu sobrinho Eli, que me ajudou não só com a tradução, mas também com orações. Todos aqueles que me ajudaram no México: Armando, Josefina, Silverio, Eduardo, David e o pessoal da Casa Mañana. Todos aqueles que compartilharam os seus tesouros para que esta história pudesse ir em frente: Rocky, David, Bert, Fran, Chris, John, Charlie, Van, Keith e Todd. Reed, que é o responsável por me dar um chute no traseiro para que este livro fosse concluído. Marty, Julie e Tyler, por seu toque artístico. Andrew, o melhor sujeito que eu já contratei. Bill, por seu olho aguçado. Don, Spiros e Rodrigo, que trabalharam para que um filme sobre esta história fosse feito. Todos os membros dos meus pequenos grupos: Keith, Todd, Charlie e John. Suas esposas: Leigh, Celia, Kay e Susan. Mark e Alice, Van e Susan, Reid e Hope, e Frank e Susie. O grupo de colegas que conheci através das Aventuras do Coração. O nosso pastor, Andy, e seu pai, Charles, e todos da North Point e In Touch Ministries, que são tão brilhantes como mensageiros da Palavra. Jeff, Billy e o pessoal da Buckhead Church, por fazerem tudo que vocês fazem para conduzir as pessoas ao relacionamento mais importante que elas terão algum dia. Paige, Betsy, Beth, Tammy e Hannah, por cuidarem das minhas filhas, como amigas e mentoras. Gabe e sua equipe, que são espantosos em suas habilidades com conectores. Paul, por me mostrar que não existe realmente nenhum modelo de negócio para esse tipo de coisa. *Deus é o modelo.* Para todos aqueles que nos deixaram usar as suas casas como lugar para pensar e escrever: Keith, Lever, Mark, Ron e Deborah. Cec, Fox, Bart, Shaunti e Jeff, pela contribuição de suas palavras. Os meus amigos e colegas que fazem parte da vida do velho Joe — o que eu gosto de chamar de a.C. — Terry, Barry, Ed, Susan, Steve, John e Greg. Minha mãe e meu pai. Vocês fizeram o melhor que podiam. Foi difícil, eu sei, e sou grato pelo fato de vocês terem ficado juntos por minha causa durante todos esses anos. A minha irmã, Jan, e o meu irmão Jay. O meu irmão Jeff, que nos deixou muito cedo. Os meus sogros, Don e Millie. O meu cunhado, Jeff, que me ajudou a começar. As dezenas de milhares de pessoas que oraram por nós, que nos amaram, que nos apresentaram a alguém que precisávamos encontrar, que apoiaram os nossos esforços em tudo isso e que optaram por ser nossas amigas.

Por último e acima de tudo, o Pai, o Filho e o Espírito Santo, que me amam, me orientam e habitam em mim. Eles me deram uma segunda vida, que eu certamente não merecia.

NOTAS

1. Scott P. Richert, "Tuesday Prayer for the Faithful Departed", Weekly Prayers for the Souls in Purgatory, Catholicism, About.com, http://catholicism.about.com/od/prayers/qt/Prayer_Dead_Tue.htm.

2. "Fishermen: We Never Gave Up Hope to Be Saved", MSNBC.com, 18 de agosto de 2006, www.msnbc.msn.com/id/14410580/ns/world_news-americas/t/fishermen-we-never-gave-hope-be-saved.

3. Maria Mackay, "Lost Fishermen Survived Thanks to Fish and Faith", *Christianity Today,* 23 de agosto de 2006, www.christiantoday.com/article/lost.fishermen.survived.thanks.to.fish.and.faith/7340.htm.

4. Versículos 6, 9, Bíblia A Mensagem.

5. Bíblia Nova Versão Internacional.

6. Oswald Chambers, *My Utmost for His Highest* (Uhrichsville, OH: Barbour, 1935), 31 de julho.

7. 1 Tessalonicenses 5:17, Bíblia Versão do Rei James.